U0612309

入江之鲸 **作品**

你男神凭什么喜欢你

Fighting
as
a Girl

愿你的努力配得上你的骄傲与任性

北京联合出版
Beijing United Publishing

● 所 有 的 狠 话 都 是 ·······················

····················· 为 了 真 正 温 暖 你 🔴

💧 **鲸语**

每个姑娘心里都住着个男神
无论是真实喜欢着的男生
还是海报上光芒万丈的偶像
抑或是单纯欣赏和敬佩的前辈

他那么优秀
让我们想要拼命变得更好
努力踮起脚尖
只为了离他更近一点

💧 "鲸灵" | @ 南来

他是我同系的师哥，很优秀。

为了跟上他的思维，我私下很努力地看专业书，看他感兴趣的东西。

虽然最后我还是没能跟上他，但我成为了更好的自己。

之前我觉得很庆幸遇到了他，现在我才知道我庆幸的是因为他我遇到了更好的自己。

● "鲸灵" | @Amor 航

三四年后，在火车上，通过一个萍水相逢的人得知他依然优秀，保研到浙江大学，仍然是身边人口中的大神。感谢他一直这么优秀，一直激励我。

💧 "鲸灵" | @DAER

我心里也住了一个男神，他陪我一路跌跌撞撞地成长，努力给我好的生活。

虽然从不说有多爱，可行为上从不怠慢，满满都是爱。

我从没见他流过泪，但他肯定也有难过的时候；从不听见他说苦累，但肯定疲惫到了极点。

他就是我心中最帅最暖的人，我最爱的爸爸。

◆ "鲸灵" | **@sunnnnnnnnny**

因为男神瘦了三十斤，没有和男神在一起，却遇到了另一个自己可以依托一辈子的人。

💧 **"鲸灵" | @Melody**

第一个男神是金贤重，因家暴事件失望；

第二个男神是安宰贤，因其结婚而心伤；

第三个男神是多米·尼克（Dominik Sadoch），波兰男模，

一九九七年出生的小鲜肉，比自己还小几个月，

而且远在波兰，没有记者挖他的丑闻绯闻，我可以静静地喜欢他。

即使不可能，我也愿意把多多当作星星，照耀我前行。

目录 contents

CHAPTER 1

你男神凭什么喜欢你?

去爱别人之前，先学会好好爱自己吧。

当你真正值得被爱了，才有人来爱你。

请对生活用心一点、再用心一点，给你喜欢的人一个喜欢你的理由。

● ● ●

CHAPTER 2

当我删朋友圈时，我在想些什么

我们太在乎别人怎么定义自己了。

我们思考的，不是"怎么变优秀"，而是"怎么让别人知道我的优秀"，不是"怎么变幸福"，而是"怎么让别人知道我很幸福"。

与其让时间被朋友圈不声不响地吞噬，我更愿意把光阴浪费在我觉得美好的事物上。

• • •

CHAPTER 3

别错把平台当成你的本事

衬托他人光芒只是锦上添花，并不能照亮自己前路。
聪明之人，清醒地明白，哪些是自己的能力，哪些
只是自己所在的平台带来的福利。

● ● ●

CHAPTER 4

好的爱情，就是找一个能和你一起成长的人

好的爱情，不仅仅是当下彼此相爱，更是长期地同步成长。

我们的节奏一致，不需要谁等谁、谁迁就谁、谁步履蹒跚地想要赶上谁。

不是没了你，我的人生就会很糟糕，而是有了你，我们的人生都会更好。

• • •

CHAPTER 5

你活得光鲜亮丽，父母却在低声下气

你活得青春无敌、你过得光鲜亮丽，却看不见你身后默默供养着你的父母，为了让你过上更好的生活，还在向这个世界低声下气。

CHAPTER 6

你朋友很牛 ×，关你什么事？

那些需要依靠别人求得优越感的人啊，往往自己无能。

你的朋友再牛 ×，跟你没什么关系。

真正重要的，不是你认识谁，而是你是谁。

● ● ●

CHAPTER 7

人生没有重来，贪心有何不可？

我想要的人生是这样的：敢于承认内心的欲望，用尽全力追求自己想要的，并且承担起一切可能的后果。我想要更好的，我值得更好的，我愿意为更好的一切而努力。

愿你我都活得坦荡，活得明亮，活得贪心而满怀希望。

1
...

你男神凭什么
喜欢你？

去爱别人之前，先学会好好爱自己吧。

当你真正值得被爱了，才有人来爱你。

请对生活用心一点、再用心一点，给你

喜欢的人一个喜欢你的理由。

你男神
凭什么喜欢你

1

很多年前看《恶作剧之吻》，又蠢又傻的袁湘琴最后真的降服了一代男神江直树，那部剧严重误导了当时的我，让我以为想追到男神，只要够傻够笨够死脑筋就行了。

平凡主角的设定特有代入感，让无数追剧的女生们产生错觉：人生何必太努力，我就这么一无是处、不思进取，读书读不好，办事出差错，说不定我的江直树就把我当袁湘琴来爱了呢。

2015年下半年大热的《夏洛特烦恼》，讲的也是个普通的中年男人梦中逆袭成功的故事。

没人告诉我们，这类剧情之所以卖座，恰恰是因为这类情况在生活中几乎不可能发生。

这类剧情，在向观众输出有毒的价值观。

谈过恋爱的人不会不知道，真正的爱情很"势利"。男神身边站着的，往往会是优雅出色又有修养的女孩子，普通男人也就配娶个踩三轮拔火罐的。你管不住嘴，一千零一次减肥失败；你静不下心，一年也看不了几本提升自己的书；你懒癌晚期，学厨、健身、练英语通通以失败告终。试问，你如此乏善可陈，男神凭什么喜欢你？

2

我有一个闺密，曾暗恋她的"江直树"很多年，可那男生却一直把她当哥们儿。那男生长得帅气，成绩佳，家境好。而我的闺密不够优秀，不够出色，没有底气昂首挺胸与自己的男神比肩而立，只能充当朋友，以求在他的身边获得一席之地，她爱得如此卑微。终于有一次，男神空窗寂寞，作为备胎的她被翻了牌子。

我那闺密有点壮硕，管不住嘴，千百次试图减肥，却永远以暴食告终。她对男友抱怨说她太胖了，那男生深以为然，还开玩笑地嘲笑她："你瘦下来一定很美——可惜，你根本瘦不下来，哈哈哈。"

后来那男生劈腿了，被我闺密发觉，那男生干脆和她分手。他的新欢是个又瘦又"仙"的女生，纤腰盈盈不堪一握。

我闺密不知道哭了多少回，她说她一点也不恨男生，她只恨自己。她恨自己口口声声说爱他，可连放下手上零食的决心都没有，肚子上一圈赘肉，又凭什么要求他不移情别恋？

失恋后，闺密痛定思痛，花一年时间，瘦了三十斤。变瘦变美后，追求者不断，她的微博上随便放几张自拍就有一大堆评论夸她是女神，现在她还时不时接一些商演主持或者模特的活儿，收入不菲。闺密跟我说，以前胖的时候，飞机上放行李箱时，别人都觉得你长那么壮硕，自己就能放得上去。她瘦了以后，常有人殷勤地帮她放行李，说她这种文文弱弱的小美女哪能提得动那么重的行李箱。只有她自己知道，其实力气根本没有比以前小。

只有你活得漂亮了，世界才会将你温柔对待。

3

哪个姑娘青春时没爱慕过几个男神？可我们心里都清楚，那些能被称作男神的人，我们其实当不起、配不上。退一万步讲，就算男神和你在一起了，还特专一，身边也一定有各种闲言碎语像小李飞刀似的向你飞来。你们不够般配，所以你得不到别人的祝福，就像人长得矮胖丑，哪怕再昂贵的衣服也会被穿出廉价感。

爱情、婚姻，就像一杆再公平不过的秤，两边差不多一样重，才能保持平衡。幻想另一半之前，先掂量掂量自己几斤几两。与其把工夫花在意淫男神上，不如好好提升自己，让自己成为值得男神喜欢的人。

奉劝各位姑娘，少看点思想有毒的偶像剧，你的男神不会看上蓬头垢面不知努力的你，毕竟，没人付他片酬。你对异性毫无吸引力，是因为你没有努力活得漂亮、活得丰盛。

我的大学室友长相并不算美丽，但身材婀娜，成绩又好，不少男生甚至是女生曾让我代为转达钦慕之情。旁人皆看到她春风满面的一面，只有我知道，她每日六点准时起床，一边转呼啦圈一边听BBC，从不吃零食，生活自律到可怕。

另一个我很喜欢的女孩子，也不算绝色，但十分会生活。和她一起旅行，她会用民宿的烤箱做各式精致的甜点。我们遇见温哥华亚裔驴友，对方聊什么话题她都能接得上话，从新疆风情一直聊到调酒技巧，谈笑风生。更让我记忆犹新的是，她的业余爱好之一是画画，一有零碎时间便拿出本子画起身边的风景建筑来。她用别人刷朋友圈的时间，画出了一整本旅行写生，让人惊叹不已。同行的男性私下里跟我说，她这个人呀，很不一般。说这话时，他的目光中盛满了欣赏。这种对生活很用心的女生，男生自然喜欢，甚至连女生也很难不喜欢。

你的男神，想必优秀，人家不缺爱。

去爱别人之前，先学会好好爱自己吧。

当你真正值得被爱了，才有人来爱你。

4

某位年逾花甲、德高望重的导演，前几天和我们聊起他的大学同窗，一个当年很漂亮的女孩。十多年前，一场车祸使她卧病十余年，长期遭受病痛的折磨。她的丈夫很爱她，十几年如一日，无微不至地照顾着她。她自己也没有因为这飞来横祸而自暴自弃，挨着病痛继续她的艺术创作。导演说，老同学们看到她如今的作品时，都惊呆了。

他们没想到，卧病多年的她竟然能咬紧牙关创造出那样打动人心的作品。毕业几十年，美貌消逝，身体渐衰，可对抗病魔、坚持创作的她，在班里同学的眼中，仍然是光彩照人的女神。

后来，我特地去画展看了那位老夫人的作品，深受震撼。那是一幅绣画，以针代笔，以色线代替颜料，密密匝匝的彩线构成一幅群鱼激流勇进的画面，树影摇动，水流湍急，鱼群泼剌灵动，栩栩如生。

她这样说明自己的作画缘由："人生历程必须如画中的鱼，奋力上溯，不惧水拦阻、石磕挡，当尽心尽力尽意完成被造的命运。您说是不是？"

这幅画的名字叫作《必须如此》。

我想，她这样的女子，值得丈夫珍爱，值得他人尊重。

人生有多种活法，你可以去做随波而下的泥沙，也可以成为努力上游的鱼群。但不可否认的是，比起泥沙来，大多数人都更爱奋力上溯的鱼群。

请对生活用心一点、再用心一点，给你喜欢的人一个喜欢你的理由。

我是女孩子，
那又怎么样

1

前几天和一位老教授聊天，讲到她的个人经历。她年轻时，走过一段很长的弯路。当初本科毕业时，她不知道是该继续读书还是该走向工作岗位。

她更想念书，当时西安美术学院的报考材料已经寄到她的手中，只要填报好，就能顺利读研了。可身边的朋友都对她说："你是女孩子，你不用读研，赶紧工作、找个人嫁了，弄好家里就好了。"

她不知道该不该入党，有点大男子主义的副班长告诉她："不用。你是女孩子，不用入党。"

几乎所有人都对她灌输着这样雷同的观点。于是，她傻傻地拱手放弃了西安美院。

后来的坎坷，不足为外人道，她愈发强烈地觉得，别人说的"女孩子该做的"，不是她真正的人生追求。她花了很大的力气，费了很

多的时间，迟了很多年后，才辗转考上了另一所学校的研究生，这才
走回当初那条心之所向的路。

2

老教授的故事，让我想起了我的母亲。

今年过年回家的时候，某天上午，妈妈收拾着抽屉里的旧物。
她突然感慨了一句："唉，当年的高考成绩单还在。"我心里难过了
一下。

我知道，对她来说，没能念大学是她一直以来的心结。我们搬了
几次家，陆陆续续扔掉了陈年旧物，唯独她的高考成绩单，母亲每每
拿出来感慨，却舍不得扔。

当年，她数学成绩逼近满分，总分在全校也是数一数二，外公本
来已经给她买好了上大学去的火车票，衡量再三，还是退掉了。

因为她是女孩子。

在他们那一代人眼里，女孩子读再多的书也没用。

3

比起上一辈人来，我们这一辈的境遇已经好了很多。女人不能上
桌吃饭的时代已经翻篇，"男女平等"的说法，起码已经以一句口号
的形式流传了开来。

即使如此，我们还是时常遭遇隐形的不平等。

我隐去事件细节，讲我的一个朋友小A的故事。

小A做一个项目，拿到了全国一等奖。可是上级把以"特殊人才"身份晋升的机会给了项目组唯一的男生。

小A运营这个项目两年多，完全是出于热忱。让小A心寒的是，她后来才得知，那个男生临时被上级说动加入，当时上面给他的许诺就是，拿到奖就能以"特殊人才"身份升职。

一些学校里，学生会主席只能是男生；我以前所在的学院，上面的机关来招人，常常点明只要男生；工科女生就业遭冷遇，文科男生就业受热捧；有的"阴盛阳衰"的行业，女性员工远远多于男性，可越往高层走，男性比例就越高。

4

我一个异性朋友问我："你是不是女权主义者？"我讶异："你指的女权主义，是指什么？"他说，他也未曾详尽了解过它的概念，只是直觉上觉得我算是女权主义。

用朋友的话说，我太"拼"了。

我从来不觉得女生就该不如男生优秀，我不指望将来嫁个好老公，从此衣食无忧。我希望我所得的生活都是靠自己的能力争取来的。

我另一个朋友对我说："我很欣赏你这样的女生，但我会娶那种没什么野心的小姑娘，宜室宜家。"我在心里"哦"了一声。

我们的文化传统，总是不允许女性身上出现强烈的欲望，甚至不允许她们怀有内在的激情，卫道者们不断地循循善诱，试图用性别框定一个女孩的人生。

说实话，我也不懂什么"女权主义"。我只是认为无论男女，人人平等，我应该是个"人权"主义者才对。

5

我的朋友M姑娘有个亲弟弟，M特别优秀，能力出众，而相比之下，弟弟则逊色了一些。

M的奶奶很遗憾这件事，用闽南语说了句俚语——菜刀不锋利，锅铲倒挺锋利。意思大约是，该锋利的不锋利，不该锋利的却锋利了。

M不服气，为什么男孩子被比作锋利的刀，女孩子就该被比作不该"锋利"的铲子呢？

爸妈一再跟M强调，家里的房子一定是弟弟的。M觉得又好气又好笑，她从来没想过要跟弟弟争什么啊。

M通过读书走出山村，算是同辈女生最有出息的了。她的妈妈却深深为之担忧："读书读多了，一定嫁不出去。"

她的妈妈语重心长地教导她："命运都是平衡的。你是女孩子，要是事业上打拼得很好，家庭就注定不幸。"

说出这番话的M妈妈，因为性别而早早辍学。小学升初中，开学的那一天，下了一场很大的雨，本来要送她到城里上学的父亲对她说：“要不然就不上学了吧。”

如果是个男孩子，恐怕冒着再大的雨，或者是第二天，父母也会把他送去学校的吧。

为什么被命运毁了的人反而更相信命运？

之前有这样一个说法，A男配B女，B男配C女，C男配D女，于是A女就"剩"下了。

M有一次把这个说法讲给爸妈听，她妈妈立刻表态，希望她成为B女，而不是A女。

M问："难道你不希望你女儿成为最好的吗？"

妈妈依旧语重心长地说："女人最重要的是结婚、嫁人。"她的爸爸先说了选A，想了想又说，还是B吧。

M伤心了一晚上。在很多人眼里，哪怕一个女性再优秀，只要嫁不出去，那她这一生就是失败的。

6

前几天，一个朋友向我倾诉烦恼。她很有才华，从海外名校留学归国，却在婚后选择了放弃学术，回归家庭。

她"嫁得好"，衣食无忧。生完第二个孩子后，她便辞了职，在家专职带孩子。渐渐地，她发现自己原本丰富的世界渐渐萎缩了，她和工作繁忙的丈夫共同话题越来越少。丈夫回到家，她只能用贫乏的言语向丈夫描述贫乏的生活，琐琐碎碎，絮絮叨叨，丈夫对她越来越不耐烦。

她变得很恐慌，生活苦闷，不知不觉间，她的世界缩小到了只剩下丈夫、孩子和家长里短。

她很想恢复以前的状态，可是现在她有两个宝宝要照顾，已经不得不囿于这小小的家庭。

台湾作家朱天心的小说《袋鼠族物语》里，这样描述生了孩子后以孩子为生活重心的妈妈们——

她们连计价的货币单位都和我们不一样，她们常以一瓶养乐多、一桶乐高玩具、一罐婴儿配方奶粉，来代表我们所使用的两块钱、一百块钱和先生十分之一的薪水。

她们在语言沟通上逐渐丧失能力。因为，三四年来，大多时候一天二十四小时，她们的会话内容都是"宝宝哪，要不要吃奶奶？""谢小毛，你怎么又便便在尿布里了"。她们的词汇早已退化到"汪汪""果果"，常常一星期里说过的大人话，仅仅是跟收水费的说："水管是不是有漏，怎么可能那么多钱？"

但愿这不是每一个女孩子的最终命运。

我并非想标榜事业成功的女性，也并非想贬低在家做全职太太的女性。我只是希望，有一天，那些成为家庭主妇的女性，都是出于完全的自愿，而非受到他人或形势的胁迫。并且，倘若有一天，她们想重回职场，争取家庭和事业的双赢时，也可以不受任何束缚。

7

"女孩子学历太高了嫁不出去""女孩子不要有野心""女孩

子的人生意义就在于经营一个幸福的家庭"……这些鬼话，我通通不信。别人的评价，我只当是个热心的建议，我的人生，还是要按照我的意愿来活。

我是女孩子，那又怎么样呢？

作为一个女孩子，我和男生一样，希望能痛快地花自己努力赚来的钱；希望自己的能力和才华被别人认可、受别人尊重；希望自己想要的未来，能靠自己的努力来创造；希望嫁人是因为爱情，而不是把自己的命运寄托在另一半的运气上。

我不希望任何人以性别为由，扼杀我人生的可能性。

无论性别如何，我都要做自己想做的事，成为自己想成为的人。

我不要活成"女孩子该有"的样子，我只想活出我自己喜欢的样子。

我们自卑，
是因为太渴望变好

1

有个姑娘问我："我很自卑，我特别想变成一个自信的人，请问有什么好的建议呢？"

这个问题也曾困扰过我很久。我把这条消息加了星标，思考了两天才回复她：

"其一，我们自卑，不是因为我们不好，而是因为我们太渴望变好了。其二，想走出自卑，其实不必急于建立自信，而是该先尝试着认识自己，接纳自己。"

认识和接纳自己，我花了不长不短的一段时间。

2

头二十年里，我一直是个自卑的姑娘。我自卑于我的外表：眼睛不够大，眼距宽、几近于单眼皮的内双，牙齿不够白，矮，还有点胖。每当别人指着合照上其貌不扬的路人脸夸我"很上镜"时，我都会不知所措。我甚至惧怕合照，尤其怕和比我漂亮的女生合照。

为了掩饰相貌的平凡，从前的我甚至会花大半个钟头用美图秀秀修自拍，磨皮、美白、瘦脸、亮眼，一道道工序完成后，才敢发上朋友圈。可没过多久，我又觉得自己太假了，最终默默地删掉照片。

我自卑于我的出身：我的家庭条件，比起中学时身边的大部分同学，算是寒酸。初中时，班主任家访，我都不敢待在家里。在学校里，大家都是一样的，可是实地走入家中，你才会发现背后的天壤之别。

那次家访后，班主任把我叫到办公室，不留情面地说："以你的家庭情况，就该好好学习。"她的话很刺耳，也很真实。当时，办公室里还有几个同班同学在帮老师分卷子，几个同学在订正作业，大家一言不发。而我无地自容。

第二次月考，我就从前两百名进步到了年级前五，班里的同学纷纷投来欣羡的目光，我故意回避他们的眼神。我想，只有个别知情的同学才能看出我躲闪的目光里深藏的自卑。

我自卑于我的眼界：我没有走过名川大山，没有钢琴十级、古筝十级的水平，别人口中那些高大上的词汇，我一点也不懂。

旅游是有钱人才有的消遣。我没有走过名川大山，当身边同学谈论桂林的山水、西藏的雪山、新疆多变的气温，而我只能默默写试卷时，我是自卑的。

乐器更是需要砸钱的高雅兴趣。当文艺汇演时，身边的同学展露钢琴、小提琴、琵琶等才艺，而我只能欣羡地看着，连鉴赏的能力都没有时，我是自卑的。

课间女生们看着《瑞丽》之类的时尚杂志，她们口中的奢侈品牌对我而言简直比化学方程式还要抽象难记。当她们说"希尔顿酒店"，我却听成了"下蹲酒店"，她们的哈哈大笑声响彻教室时，我是自卑的。

<u>3</u>

我以前以为，等我年龄渐长了，一个个地弥补了曾经的缺憾，就不会自卑了。

可是，我发现，等我学会用化妆掩盖缺陷时，本来就比我好看的姑娘已经健身、整容，把我甩了不止一条街；等我去过几个邻近省份旅游时，以前的同学已经纷纷去国外游学，秀的都是各种我看不懂的英文定位；等我勉强会认些奢侈品牌的标牌，他们街拍拎着的手袋已经是一些低调奢华的经典款了。

所以，我继续自卑着。

有时候我会觉得自卑会是我进步的动力，因为觉得自己一无是处，才会努力地提高自己吧。但是，自卑的我，心态极度不平和，我时常处在焦虑、难过、不甘、痛苦中，任由糟糕的情绪消耗着自己。

让我觉得不能再自卑下去的，有两件事。

第一件事，令我发觉，我的自卑，让我在感情中毫无安全感。

我的前男友颜值家境都比我好，连性格都比我温柔平和，他对我的好现在想来还很感动。可是，这么好的男孩子在我面前，我想的却是，他是瞎了才会喜欢我吧……我哪里当得起他的喜欢？

你看，一个人太自卑，会连幸福都害怕。珍贵的感情降落在我的世界，我却自我卑微到深深恐惧，怕自己当不起、受不住。连我自己都无法喜欢自己，又怎么能让别人喜欢我？

第二件事，令我发觉，我的不自信，会让相信我的人失望。

有一次，我老板带我去和他的几个朋友茶叙，谈一桩可能达成的合作。老板向他朋友介绍我，说我的专业能力如何如何，句句都是赞扬。而我本来就因为在座的都是大咖而如坐针毡，恨不得打个地洞钻进去，听到老板夸我，更是紧张不已，连忙摇头摆手解释说自己没有那么好。

其实，老板的话没有夸大之嫌，只是我的自卑心理促使我觉得，他只说了我的优秀，没提我的不足，所以我没有他说的那么出色。

看到我那么怯场，老板朋友眼神里的欣赏明显冷却下来。我老板面子上也有些挂不住。

这件事让我深深地内疚，我觉得自己辜负了老板的信任。我的不自信，让别人对我的相信没有立足之处。

4

我开始深刻反思"自卑"这件事。

我发现，我的自卑，是因为我对自己没有充分的认识和评估，又太渴望变好，理想过高，以至于现实和期待相差甚远，最终引发自我恐慌。

譬如，相貌、家境这类无法改变的因素，我没有认识到自己天生就只有七十分，总觉得自己也该和我所羡慕的人一样有九十分。所以，在一次次意识到我只有七十分的时候，我才会痛苦和难过。

我不切实际地渴望变好，恨不得自己长一张网红脸，又有着王思聪的家世，钢琴弹得跟郎朗一样好，最好还能和三毛一样走遍世界。因为这些过高的预期，我才会一次一次对现实失望，痛恨自己乏善可陈。有时候，完美主义和自卑心理密不可分。

为了对付让我困扰的自卑，我做了下面这些事情：

❶ 我好好地看看现在的我是什么样子，不给"现在的我"打分，而是把这个"我"作为参考系。

从前我总是拿自己和别人比较，况且很多时候，我总是拿我的短处去比对别人的长处。别人的状态是变动的，拿别人当参照物，导致我总觉得怎么赶也赶不上，从而产生无力感，觉得自己太差劲儿。

现在，我只拿自己和过去的我比较。这也避免了我总是因为长相、身高、家境之类已经无法改变的因素而一再地陷入自卑。我已经接受这些短板了，以后我要看的，是将来的我是不是比现在好。

❷ 通过一次次小幅度进步，建立自信。

譬如，我以前自卑于自己不敢在公众场合发言，我羡慕那些能够对着满场听众谈笑风生，时不时随口讲出几个段子的天生演说家。

我太渴望能像他们一样，可现状是，我是一个连买杯奶茶，被店员问得一紧张，连"中杯""无糖""温的""珍珠奶茶"这几个关键词都说不利索的人。

为了培养发言的能力，我给自己定下很小很具体很容易衡量的目标：我要在每次讲座结束后提问。

我一开始怕自己会提不出问题，但在立下这个目标后，我开始带着问题去听演讲，于是到了Q&A阶段都会有问题可问。

我以前还有"举手困难症"，即使憋出了问题，也不好意思举手。一开始很艰难，即使心跳快到要窒息，我也逼迫自己机械地举起手来。后来，这成了一种习惯，举手不再是困难的事，拿起话筒发问也不再那么令我恐惧。

我又立下新的小目标：我要把握每一次露脸的机会，并且每一次都要有提高。

于是，我和团队的伙伴们商量，尽量争取我负责展示的机会。如果并非严肃的演讲，我就会提前准备好笑点，让观众以为我是一个风趣幽默随口抖段子的人。此外，我会请人帮我录影，回头仔细研究录影，我陆续发现自己存在会说很多"然后""呃"，不敢直视观众、频繁撩头发等问题，并在下一次的演讲中努力克服。

我这样练了半年。有一天，我对一个朋友感慨说，我不擅长在公众场合发言，对方很惊讶地说："不啊不啊，我们觉得你很专业，还很能讲。"听了她的反馈，我觉得我的上百次小练习是有效的，心里安定下来，我不必为自己不会讲话而自卑了。你看，就连克服自卑，也需要很努力很努力。只有非常努力，才能看起来毫不费力，对我们有自卑心理的人来说，尤其如此。

❸ 为自己创造有成就感的体验。

从我的经历看，自卑很可能是因为缺乏成功的体验，才会觉得自己一无是处。

对于我的专业，我是半路出家，而身边的"大牛"太多了，我起初非常自卑、彷徨，觉得自己是后来者，一定不如别人。而且，对我这种自卑者来说，自我鼓励起不了太大作用。要是给自己打打气就相信自己能行，我也不会自卑这么多年了。

为了获得成就感，以提高自信心，我开始参加一些名不见经传的小比赛。那些比赛参与的人数不多，获奖也容易，我在攒获奖证书的过程中，一次次获得成就感，觉得自己好像也没那么差嘛。同时，在小比赛里攒到的经验，也帮助我在更有影响力的比赛里获得了好成绩。

我前段时间打电话回家，谈到这些，我妈妈惊叹地说："你真的比以前自信了很多。"

我一次次给自己创造有成感的体验，日渐有了底气，知道了自己的核心竞争力在哪里，也就不会对自己的优点茫然无所知了。

如果你是一个自卑的人，那么不妨先从自己擅长的、感兴趣的领域着手，最快地建立信心。

5

现在的我，依旧是那个眼睛不大、眼距太宽的普通女孩，可我戴上了一副很有修饰性的眼镜，比以前好看了些；

我的出身也未曾更易，可我通过自己的努力，让别人欣赏我的专业能力，说我是个很有前途的姑娘；

我依旧没钱环球旅游、不会拉小提琴、买不起奢侈品，可起码我知道了，我的闪光点在哪里，我男朋友为什么喜欢我；我的核心竞争力在哪里，我老板为什么信任我。

走出自卑的过程，也是与自我和解的过程。在这段历程里，我学会了正确评估自己，不过分苛求自己，在一点一滴中打造更好的自己，心态也从浮躁、急迫变得日渐平和。

如果你和曾经的我一样自卑，那么说明你特别渴望变得更好，这是很好的初衷。接下来，慢慢认识、接纳和一步步地提高自己，我们会变得越来越让自己喜欢的。

加油。

你一辈子
也不会变成女神的

1

据不可靠估计，有80%的女生（无论胖瘦）觉得自己胖。

闺密CC，天生锥子脸小蛮腰，一米六六的身高，体重从来没上过三位数，却总是自嘲已经胖出天际，连午餐多吃了几块压根不会发胖的三文鱼刺身，都会罪恶感十足，焦虑一整天，以不吃晚餐来惩罚自己。

另一个朋友，本来就是巴掌大的脸了，还一直心心念念着要打瘦脸针。她面诊时，医生说，"你咬肌不大，脸也挺瘦的，不用打了"，她一直不高兴到今天。

还有一个小女孩，不满意于额头太平，从腿上抽脂往太阳穴上填，花了钱受了苦忍着疼跛着脚回家。拍毕业照时，身边同学没一个看出她微整了，她差点没当场气哭。

体重一百有余的姑娘们，看到这些腿细成筷子的"小妖精"还嚷嚷着自己"月半",恨得牙痒痒,心里八成已经不屑地腹诽道:"切!装什么装!"

讲真的,真不是装,十个女孩子里有八个对自己的身材不满意。

身材要好成什么样才能满意呢?最好像商场巨幅海报上的维密超模一样,美胸玉臀迷人眼,长腿细腰摄人魂。

姑娘们,这是长期健身、饮食控制外加PS大法才能达到的效果啊。

2

女孩子总是觉得自己还不够美,还不够"女神"。胖的觉得自己不够瘦,瘦的觉得自己不够高,高的觉得自己胸不够大……

现在,"女神"这个词被叫得跟翠花一样普遍,可是没有几个女生真觉得自己是"女神"的。

公认的女神××,在清纯得可以掐出水来的颜值巅峰,她还是"不自信",觉得自己不够美,义无反顾去整容,反倒失去了自己的特色。

不仅如此,这姑娘和大多数小姑娘一样,对自己的身材不满意,还在贴吧上记录自己的魔鬼瘦身日记,身高一米六八的她要求自己瘦到七十五斤。后来,她被传瘦到皮包骨,瘦出厌食症。

说实话,一直疯狂减肥的她,从来没胖过啊……

3

"我还不够美。"

你对自己说。

若是通过健身等不伤害身体的方法塑形其实也挺好的，怕就怕你急功近利，一气之下就一个星期只吃苹果香蕉，一言不发就去整容院注射肉毒素。

刚从手术台下来的时候，你泪流满面地说再也不要整容了。可没过多久，你又觉得不够尖的下巴配不上你刚隆过的鼻子了。

即使痛苦，你还是上瘾了，玻尿酸一管一管地注射，每年定期去"保修"，为了一张脸，如流水般花钱。

无论怎么整，你永远不会对自己百分百满意的。

你永远也成不了你心中的女神。

不是你不美，而是你觉得自己不够美。

不是你不好，而是你觉得自己不够好。

人总是很难给自己打一百分的。

你羡慕的女神，或许也在为她头上新长出的一颗痘烦恼呢。

4

说实话，你该整的不是你的脸，而是你的心。

你该好好修整修整那颗总是否定自己、责备自己、厌恶自己、总是对自己说"你还不够好"的心。

你已经够好了啊。

总觉得自己不好，哪怕你把自己整成了连偶像都想×的网红脸，你也会有很多理由对自己不满意：

"我太土气，不会穿衣服。"

"我不懂音乐，不懂美术。"

"我不会古筝，不会钢琴。"

"我来自四线城市。"

"我没出过国。"

"我不懂奢侈品。"

…………

"我还不够好。"这是心魔。

痛苦的根源不在于你胖或者瘦、高或者矮、美或者丑，而在于你没能好好地接纳自己。

长大的标志之一，是和自己达成和解。

你要学会对自己说："你已经够好了。"

你要懂得悦纳自己，懂得和自己做朋友。

有时候，我们对自己比对朋友还凶残。起码遇见眼睛不够大的朋友，我们不会要求别人立刻去医院开眼角，对吧？

5

几年前，我喜欢的男生评价我"白玉微瑕"，我为此暗中生了一场闷气。我心想，怎么就"微瑕"了啊？为什么我不能做到"无瑕"呢？

如今再回过头来看，觉得当初的自己太傻气，只看到那一点瑕疵，却全然忽视了一块大好的美玉。

现在想来，那个觉得你白玉微瑕的人，或许才是真正了解你吧。

把你供为女神、觉得你完美无瑕的人，总有一天会失望地发现你脸上的小小雀斑、心里的小小暴躁的。

而那个看出你的小瑕疵也不妨碍他喜欢你的人，才是所谓的"相知"吧。

如何才能变成自己心里的女神——

你心里有一个声音对自己说"我还不够好"时，你站在镜前，笃定地回答她："你已经够好了。"

如何才能成为他心里的女神——

当你说"我还不够好"时，他站在你面前，温柔地回答你："你已经够好了。"

愿你做自己的女神，也能找到把你当女神的爱人。

我只是
不想胖着过完这一生

1

我认识小仙的时候，她小小的一张巴掌脸，身材纤细，步履轻盈。

她跟我说她曾经是一个胖子的时候，我简直难以想象。

小仙在她二十四岁那年，用了三个月，甩掉三十斤脂肪，胸不但没有变小，还从C-cup升到了D-cup。

胖子，或多或少都有一些敏感。朋友的一句玩笑、同事的一句调侃，都能刺激到你脆弱的心灵——可是，你的确是货真价实的胖子，所以，你无言以对，无力反驳。

就连亲妈，都会在高兴时叫你"胖子"，发火时叫你"死胖子"。

小仙自嘲地说："现在走在路上，听到别人喊'胖子'，我都会下意识地回头。"

2

长期当一个胖子是怎样的体验？

同学群里，你憨厚的笑容会被当成恶搞表情包；你的腿太粗，夏天穿裙子会被磨到；你有许许多多双鞋，却连挑选的心情都没有……

二十四岁那年，胖子小仙经历了三件事。

第一件事，她和男朋友分手了。

小仙和那一任男友交往了一年多，分手那天，男生对她说："你什么都很好，但是你太胖了，我接受不了。"

他们第一次见面的时候。男生见到她的第一眼，问她："你确定你二十四岁？"

人胖的时候比较显老，所以她看起来比实际年龄大。那时候的小仙，满脸油光，笑起来脸颊堆起两坨肉，腰腹积着臃肿的"游泳圈"，整个人像一个膨胀的气球，哪里像一个二十出头的小姑娘。

男生问她的第二个问题："你确定你有一米六五吗？"

因为人胖也会显得矮。同样是一米六五，拍照时，腿长腰细的姐姐能拍出一米七的效果，而小仙那种体形，拍出来会被毒舌的好朋友嘲笑"照片像被横向压缩过了一样"。

那天，男生送她回家时，对她说："我目测你跟我一样重，你一百三十斤吧？"

小仙哑口无言——那时候的她，一百四十斤。后来，相处了一年多，即使小仙很喜欢他，却还是抵不过那一句"你太胖了，我接受不了"。说不难过，是假的。

第二件事，好闺密结婚了。

小仙和那个闺密是十余年的好友，闺密结婚前半年对小仙说："你要好好减肥哟，你瘦下来给我当伴娘。"

她俩一直是很好的朋友，小仙当时以为闺密是开玩笑的，没当真。

半年后，小仙依旧胖着。于是，闺密结婚的时候，真的没找她当伴娘。

真羡慕那些吃不胖的闺密呀，她们扬着白皙小巧的瓜子脸，笑容明媚。

说不失落，是假的。

第三件事，年会上的玩笑。

那时候，小仙在公司里的身份是老板秘书。老板自然希望自己的秘书能好看一点，长得好，带得出去。

年底，公司给每个人下达了第二年的任务。到了小仙，老板说："你明年要瘦二十斤。"

说不难堪，是假的。

她以前一直以为，只要人好，你的外表好不好看不重要。一连经受这三重打击，她总算明白，这世上的人，都是先看外表，然后才会去看你的心灵美。

那段时间，小仙陷入了人生的低谷。

3

小仙不是没想过要减肥。

网络流行的减肥法，除了因为怕死不敢吃减肥药以外，她几乎全试过。

之前，她的人生周期是这样的——减肥，复胖，减肥，复胖……循环往复。

而这一次，她发誓，要终结这个恶性循环。夜深人静，她辗转反侧，突然坐起身来，咬牙切齿地抹掉脸上快干掉的眼泪，对自己说了三句话——

"我不想再拖着肥硕的身躯，迎接二十五岁，甚至未来的漫长人生。

"我真的不想胖着、敷衍着、得过且过地过完这辈子。

"我想试试看，这么多年来，我究竟能不能坚持下来做一件事情。"

她报名参加了一家健身中心的真人秀活动。

或许是因为意念的力量，她从初试一路到复试，最后被选中，参加真人秀。

那三个月里，她每天下班后，七点前赶到健身房，做拉伸动作到八点，有氧训练四十五分钟，再拉伸到九点。回家的时候，已经是十点。

有的时候要加班，她就约第二天早上七点的课。

公司发蛋糕，她把蛋糕分给其他人，自己不敢吃，眼巴巴地问同事好不好吃。

加班时叫外卖，同事们点了肯德基，她就只敢点一份土豆泥，用水泡过后再吃。

她花了三个月，甩掉了三十斤脂肪，骨骼肌从22.5千克上涨至24千克，很多女生担心的减肥胸变小的问题也没有发生，还从C-cup升到了D-cup。

她瘦了下来，老板看她的表情都不一样了。

那一年年会聚餐，老板把她当作了正面案例："你们看看小仙，去年我跟她开玩笑让她瘦个二十斤，她就做到了。我说的，她都有做到。"

这是小仙二十四岁那年对生活的态度。

4

我好奇地问小仙："你现在还在健身吗？"

她点头。

健身哪里是三个月的事情。

她说，之前一次次减肥又复胖，是因为她太浮躁了。

靠纯节食瘦到目标体重后，第二天立刻胡吃海塞，迅速地胖回去。

那样的她，急须扭转的，不是体重秤上飙升的数字，而是对减肥的功利和浮躁之心。

健身，和吃饭一样，从来不是一劳永逸的事。

小仙告诉我："运动不是短短三个月的事，而应该成为一种长久的习惯。健身会上瘾，你会爱上你自己的身体。"

5

我和小仙探讨了关于"胖"的问题。

胖有罪吗?

胖就该死吗?

胖子就注定一事无成吗?

胖子就必须充满负罪感,自怨自艾、自暴自弃吗?

不啊。

有的人觉得,他们生活得糟糕,都是因为自己胖。

其实胖本身不是罪,不是肥胖导致了你生活糟糕,而是你不自爱、不自律,对生活毫无诚意,你允许自己一再搁置运动计划,你纵容自己把地沟油一条街的可疑食品塞进胃里,你才会日积月累地变得肥胖。

你没把控好自己的人生,才会控制不了你的体重。

减肥,从来不是目的。

优雅的体形,应该是好生活的副产品。我问小仙,她为什么能坚持下来。

她说:"只是因为有一天,我意识到,我真的不想胖着过完这一生。"

姑娘，
你没男朋友不是因为你不美

1

曾看过一本叫《潮骚》的书，聊到精英男士喜欢什么样的女人。作者说，最重要的不是绝色倾城，而是优雅高贵。

高贵是什么？是豌豆公主就连二十层床垫二十层鸭绒被都能察觉得出来。

"高贵是一种被伺候出来的气质，比美貌更需要用心。"

2

作者用了很长一段篇幅，讲他曾经有个女同事，出身知识分子家庭，从小被教育得知书达理，从名牌大学毕业后留在北京工作，收入不高，却把自己伺候得如同公主。

她每天都会削一盒时令水果到办公室当茶点，早上去公司先喝一杯蜂蜜水，中午过后开始喝绿茶。

衣服不算多，但都是掐着身段买的合体素色款，而且熨得笔挺，线衫上绝对找不出一个毛球。

坐着的时候也把腰杆挺得笔直，宁肯迟到被扣钱也要睡满八个小时后化个淡妆吹好头发才出门。

在这种旁人称之为"作"的生活方式作用下，她的皮肤白嫩得吹弹可破，从来不用香水，但身上随时有一股刚洗完澡的清香。仪态端正，说话得体。

从来到公司后，凡是和她有过业务合作的单身异性恋男人，无不对她念念不忘直到发起攻势，其中不乏知名摄影师、艺术家、媒体精英……

后来她跟一个美国留学归国的企业家二代一起了，同样是相貌堂堂、气质不俗。

男方经营房地产、见多识广的女强人母亲，在此之前专断地挡掉了她英俊儿子所交的所有女朋友。但见过该女同事之后，马上拍板定了婚事，第二天就买了套新房当定礼。

按男方母亲的话说：这种女孩一看就是正经人家出身。

当时看完这个故事觉得深有体会：

美貌不是稀缺资源，长得漂亮的女生满大街都是，美则美矣，而无灵魂，眨眼便忘了；而让人印象深刻的姑娘，必定有她特别的气质，像一道绵延的馨香，令你慢慢回味、久久难忘。

<u>3</u>

曾和一个姑娘同住过，她的日常细节让我领略了何为真正的精致优雅。

她为人很低调，但你一眼就能看出她出身名门、家教良好。

爱惜自己的身体。每天在超市买新鲜水果拼盘或者沙拉作为加餐，从不吃薯片之类不健康的零食。夏天喜欢往冰水里放一片维C泡腾片作为饮品，习惯用蒸汽眼罩放松眼睛。

长得不算美艳，气场却足够女神。站姿永远挺拔，身材高挑，所以不会选很高的高跟鞋，走起来一定会发出好听的哒哒哒声，女人味Max。

偶尔下厨，做出来的甜点颜值很高，让大家惊艳；对调酒很有研究，一起出去旅行她会为大家选好当天该喝点什么酒助兴。

生活很精彩，却很少在朋友圈用九宫格加长文字事无巨细地分享。

有趣，很会聊天，无论跟什么身份背景的人都能聊得很自如，涉猎广泛，随意抛出一个话题她都能接住。

很温柔，很少大声说话，未见过她失态，无论对男生女生，句末总会加一个"呢"之类的语气词，听得人如沐春风。

兴趣爱好广泛，在路边看到钢琴可以优雅坐下弹上一曲，引得路过的男生忍不住走上来问她是不是专业级别的。

有一次和她去另一座城市旅行，因为临时做的决定没买到票，只好赶半夜的火车，又困又累地在火车站等待，街道冷落，难免有些落魄之感，她却从容不迫地在路边坐下，拿出铅笔和本子，在路灯下画起了街景素描。

见过她男友一次，干净帅气，对她很好，家室和阅历也和她很般配。我忍不住想，如果我是男生，也会爱上这样的女孩子吧。

4

不少女孩子会自嘲"找不到男朋友"，其实并非真的找不到，而是没有中意的追求者罢了。

一定程度上，**追求者是你自己的一面镜子。**

你邋邋遢遢，吸引的异性八成也不修边幅；

你整天把开房挂在嘴边，便容易招来狂蜂浪蝶；

你对生活品质要求很高，那懂得欣赏你的，一定也是对细节有追求的男生。

一个朋友，在众多追求者中选了某一位，并非看中他行业精英的身份，而是因为他们第一次约会，他带了她去了草间弥生的展览，而她恰巧亦是喜爱艺术之人。

养成品味如同煲汤，是要用小火慢慢炖的，急不得。

二十岁之前，女孩子的品味大部分由家庭决定，不少女孩子（比如我）因为出身平凡，未曾耳濡目染到良好的审美和品味。

到了二十岁，难免有些困惑：到了专柜不知道怎么跟BA（美容顾问）自如地沟通，总害怕被觉得土气，明明是顾客却小心翼翼地看BA的脸色如何，生怕对方翻一个白眼，"别试了，你买不起"；不懂该怎么选香水，连背名牌包都怕别人觉得是A货。

我姑且把它称为"二十岁困惑"，其实没必太恐慌：美貌由基因决定，很难改天换地；而一个人的品味和气质，可后天培养。

气质并不虚幻，它可以落实到，你愿意花时间和金钱对自己好一点。

譬如花时间的，每天熨衣服，坚持运动健身，出门前化个淡妆示人；

譬如花钱的，拒绝"性价比之王"，买可承受范围内最好的东西……

单身姑娘，你要学的不仅仅是撩汉，你更该学的是经营自己的生活。

哪有什么
天生幸运

1

这几天，好些朋友来和我交流写文的经验。

我在网上写文，第二篇文章就有幸上了微博热搜，转发破10万次，后来陆陆续续写过一些转发很广的文章，一个月内成为简书App签约作者。前几天一篇文章仅在一个公众号上就已经点击破百万。我的个人公众号运营不到两个月，有了20000多人关注。

我算蛮幸运的。于是不少人来问我有什么心得。

我真的说不出什么来。讲来讲去，也就是"内容为王"和"很幸运"两句话了。其实，还有未曾说过的。比如，别人看到我是写了短短两个月就攒到了两万人关注，只有我自己知道，我写了岂止两个月？

我收到第一本样刊在2006年，到现在，满打满算快10年了。这些年里，我收到的样刊摞满了书架。

今年过年回家，我试图把新的样刊放进去，发现已经塞不下了。

可是，就像我会把样刊封存在角落里的书架上一样，我一直讳谈自己是个写作者。如果有亲戚朋友问起，我都只推说自己是写了玩玩的。

其实我写得很认真，却不愿提及这份认真。

因为我害怕，怕被问起笔名，对方得知后茫然地摇摇头，说没听说过。10年之间，我陆陆续续换了几个笔名，躲在无人知晓的一隅，写着无人问津的文字。得知我在写文的朋友们，最经常问的是："你出过书吗？"抱歉，没有。

我想写长篇，编辑A对我说："你没有名气，所以你如果想写，我们只能让你替有名气的作者代笔。"

我拒绝了。

后来在一本杂志上连续发表了一些文章，编辑B跟我约长篇。我每天想梗想到凌晨，几易其稿，好不容易折腾出详尽的"人物设计"和大纲给她，她却再也没跟我提过。这件事就此被搁置了。

我想出一本自己的短篇小说合集，把十几篇文章发给编辑C，C对我说："你粉丝不够多，我们要慎重考虑。"一考虑，就是大半年杳无音信。过了很久，我再问她，这才得知，她一直晾着我的稿子，还没有送审。

有一个因为写作而认识的朋友，走红了。有一天，我突然想起，之前每天都在朋友圈发自拍的他似乎销声匿迹了。我好奇地点进他的头像，发现里面什么消息都没有，只有一条浅灰色的横线，像休止符一样。

我这才知道，原来他已经屏蔽了我，或者从通讯录里删除了我。遭到冷遇的经历，三言两语难以言尽。可是说真的，即使时时碰壁，我也从没有想过要停笔。

2

其实，我是一个挺务实的人，甚至有点功利。我做事情，追求实效。如果知道做一件事不会带来收获，我就绝不会花费时间在上面。

但是对文字，我秉着超乎寻常的耐心。我不敢说"十年如一日"，但过去的这些年里，哪怕我知道可能再怎么写都摆脱不了小透明的命运，哪怕我知道自己可以拿写文的时间去做性价比更高的事情，我也从来没想过要放弃。

印象最深刻的高中时代，我租住在学校附近，学业压力繁重，自然没有人支持我写东西，于是我就偷偷地写。那时候我还没有笔记本电脑，便跟闺密借电脑，顶着冬日刺骨的寒风，骑车去附近大学的自习室，一个人一写就是一整天。听着键盘被敲击时发出的微弱响声，我会有一种莫名的满足感。

我随时随地将生活中的故事记录下来，虽然最后其中大部分没能成为素材，但现在看着那些生活记录，会有一种"噢！我原来还经历过这样的事情"的奇妙感慨。

寂寂无闻的漫长岁月里，我靠着一份愚钝的热爱，一直坚持到现在。

如果说两个月攒到两万关注是幸运的，那如果把战线拉长到十年，或许就没多少人会羡慕我了吧。

3

遇到一个即将退休的导演，他说的两句话，让我印象极深。他说："喜欢什么，就把它玩下去，玩一辈子，就对了。"他还说："要有耐心、恒心。"每当想起这话时，我心中总是涌起一阵感动。他的话，对每一个追梦的人来说，是慰藉，亦是鼓舞。

我的云盘里，有个文件夹，叫"英雄梦想"，里面存放着我写过的所有文字，有被录用的，有被拒稿的，林林总总，许许多多。

听说过这样一句话——"爱之于我，不是肌肤之亲，不是一蔬一饭。它是一种不死的欲望，是疲惫生活中的英雄梦想。"

我把文字当作我疲惫生活中的英雄梦想。它曾经是藏在书柜里、无人看见的小小梦想，如今是被全国十几亿人口中小小的一部分人订阅的小小梦想。

即使只是这样小小的成绩，我也深感自己非常幸运，因为这世上一定还有很多比我还努力的人，获得的关注却寥寥无几。

4

我有一个好朋友，十九岁就出了第一本书，可以说是幸运儿。可是鲜有人知的是，她是在实习上下班路上的地铁里写完了这本书。

我有一个喜欢的作者，几年前，她的主职是普华永道的审计师，工作忙碌，但她一直坚持写作，甚至有时候地铁上挤得连座位都没有，她就站着拿着电脑打字。

连大神级别的咪蒙也信奉"一万小时的努力"理论——如果你想做成一件事，那么在这之前，你至少要为它努力一万个小时。她把自己公众号的成功，归结于之前十几年的写作累积了这"一万个小时"。

在爆红之后，她也不敢懈怠，在出租车上、病床上、酒店大堂、机场候机厅都不忘写推送。

这样的人，受到命运的青睐，也在意料之中。

我看过一个朋友的采访，当时他所在的团队拿了一个全国性比赛的金奖，采访者问他们为什么能取得这样的好成绩，他们归结于"幸运"。于是，采访者写下了这样一段话——**"幸运，从来都是强者的谦辞。每个幸运者的背后，都有着与幸运无关的故事。"**

我非常钦佩那些靠努力付出得来成绩却愿意归功于走运的人。他们很少在朋友圈发一些自怜求安慰的内容，心无怨尤，往往默默地把事给做了，却从不居功自傲。

他们没有人定胜天的骄横，对生活永远抱着一种感激的、谦卑的心态。

就算有天生的幸运，也只有这样的人当得起此等幸运吧。

有句话说，你只有足够努力，才能看起来毫不费力。而我想说，你只有足够努力，才有机会拥有好运气。

谢谢你，
爱着这么普通的我

一个真正爱你的人，是在你最狼狈的时候也愿意陪伴着你的人。

1

前天从广州飞回厦门，干了件蠢事。

偷懒没办行李托运，登机前四十分钟要安检了，才想起我行李箱里有好几瓶毫升数可能会超标的化妆品。

于是拉着送我的男朋友考拉同学，慌慌张张从安检口赶回托运处，却被告知已经过了可以托运的时间。我又赶回安检口，碰运气地等着安检。

他一直在外面等着我，劝我别慌，还提出解决方案，说可以帮我寄回去。可是，我内心还是很崩溃，觉得自己真是蠢得不行。

这一趟来广州，我见了几个朋友，妆容干净，衣着得体，被谬赞

"很有气场"云云。但是跟考拉同学一起，我的智商就一度秀下限，做了好几个错误的决策，愚蠢极了。

让我感动的是，他没有一点点不耐烦，也不嫌弃我的狼狈和尴尬，在我皱着眉扶着额焦灼无措的时候，他非常耐心地帮我解决问题。

前几天，我们聊天时，考拉同学向我袒露了他过去最糟糕的回忆。那些听起来让人难以置信的事情，完全改变了他的人生轨迹。

我没想到，他那样积极进取正能量的人，居然有过这样一段不为人知的过去。让我触动的是，他愿意将这些故事交由我保存。

没有人愿意让别人目睹自己的狼狈。我们总希望在别人眼里刀枪不入，唯有对深爱的人，才敢小心翼翼地袒露伤口。

2

想起一个曾经喜欢过的男生。

刚开始交往的时候，轻描淡写，每天一起吃吃饭、散散步。

后来发生了一件让我印象很深刻的事。我驾考科目二屡考不过，心理压力很大，早上六七点赶去荒僻偏远的考场，到了中午饭点还没轮到我考试。

大夏天，坐在没空调的食堂候考，空气闷热得让人喘不过气来，喧闹的人声和浓烈的汗味让人难受极了。

我发着微信向他吐槽，他突然问："你在哪里？"我说："我在考场食堂啊。"他没再回了。

半小时后，他出现在了我的面前。

我完全没想到，他会趁着午休时间，开车几十分钟，从公司特地赶来荒郊野外的考场，就为了见我一面，顺便带个午饭。

我没料到他会来，更不想让他看到我那么狼狈的样子。

那时候的我，睡眠不足，满脸倦容，起得太早，没化妆，穿着土得掉渣的长袖，在蒸人暑气中满脸挂着汗珠。

我默默嫌弃自己。

可是，他丝毫没有嫌弃的神情，一如既往地温柔和煦。

那一刻，我心里又尴尬又感动，头一次觉得，我真是好喜欢眼前这个男生啊。

如今分手已久，当初一起去过的有格调的餐厅早已成了过眼云烟，一起走过的路说过的话也忘得七七八八，唯独这件事，一直横亘在心上，再也忘不掉。

只有见证过对方最普通、最狼狈的时刻，才有资格说爱吧。

3

前几天看了一篇文章，讲的是传奇女子胡因梦。

胡因梦生得极美，是电影明星、作家、翻译家。她爱上了大她十八岁、风流成性的李敖，在她事业最好的时候，义无反顾地嫁给了他。

嫁给李敖还不到一个星期，噩梦就来了：她遭遇了封杀。一夜之间，她从明星沦为了主妇。她后来这样回忆："在我最不安、最不知何去何从时，李敖没能成为我想象中的救赎者。"

结婚不到四个月，他们离婚了。

离婚后，李敖很喜欢调侃胡因梦。一次记者招待会上，记者问李敖："胡因梦那么美，那么年轻，对你又那么痴心，为什么你舍得离弃她？"

才子答曰："我是个完美主义者，有一天，我无意推开没有反锁的卫生间的门，见蹲在马桶上的她因为便秘满脸憋得通红，实在太不堪了。"

全场所有人哄堂大笑。后来，很多记者借李敖的话嘲弄胡因梦，胡因梦却淡然一笑，同一个屋檐下，是没有真正的美人的。

哪有什么男神女神啊，不过都是吃五谷杂粮、有喜怒哀乐的普通人罢了。

那些只爱你的明丽动人，而不能接受你的脆弱狼狈的人，是不配说爱你的。

4

朋友M的父母前半辈子关系不太好，吵吵闹闹了二十几年。M有时候甚至想，在一起过得不开心，还不如离婚呢。

直到有一次，他的父亲出了车祸，一个多月躺在病床上，生活不能自理，大小便都要母亲伺候。

出院后，父亲要借着拐杖走路锻炼，帮助恢复。有一次，M看到母亲挽着父亲走路，两人的背影慢慢地前行着，落日余晖温柔地洒在他们肩头。一时之间，世界仿佛都安静了下来。M看着这一幕，心里百感交集。

二十几年里，他从没见过父母牵手。没想到一场飞来横祸，竟让M见证了父母间的脉脉温情。

一个真正爱你的人，是在你最狼狈的时候，也愿意陪伴着你的人。泉水干涸了，鱼就共同困处在陆地上，用湿气相互滋润，用唾沫相互沾湿。所谓相濡以沫，便是最珍贵的爱。

就像婚礼证词里说的一样，无论贫穷富贵、生老病死，你都愿意永远陪伴在对方身边，不背叛、不抛弃，爱他、尊重他，直至死亡。

5

一个姑娘跟我聊到她的男朋友，他是她高中时暗恋了三年的男神。每天上课时，她便偷偷在纸上描摹他好看的侧颜。

后来，他们在一起了。她才知道，原来那时候，她偷看着他犯花痴时，男神却在抠着脚看网络小说。

从迷恋他的光芒万丈，到爱上他的搞笑功夫，发现男神不过是再寻常不过的男生——我爱你，哪怕知道你只是普通人。

在旁人眼中，你妆容一丝不苟、举止优雅从容；而在我心里，你就是个丢三落四、经常犯蠢的小女孩。

在旁人眼中，你要时时刻刻展现最完美出色的一面；而在我怀里，你哪怕再狼狈，也不会感到尴尬难堪。

多少人爱你的美丽，出自假意或者真情，而我却更爱你悲伤无助时哭成小花猫一样的面庞。

　　如果你只是仰望一个人周身的光环，那只是喜欢；如果你见证了他最狼狈的一面，也没有嫌弃，只有心疼，那才是爱。如果你被别人身上的温暖所蛊惑，那只是喜欢；如果他暴露了许许多多的弱点后，你还觉得他真实得好可爱，那才是真正的爱。

　　嘿，我爱你，我接纳你的一切缺点，我珍惜你的所有脆弱，我愿意见证你最狼狈的时刻，与你共渡难关。在我面前，你不需要伪装，不需要尴尬，你做个普通人就好了。

　　即使你再普通，在我眼里都很与众不同。

当我删朋友圈时，我在想些什么

我们太在乎别人怎么定义自己了。

我们思考的，不是"怎么变优秀"，而是"怎么让别人知道我的优秀"，不是"怎么变幸福"，而是"怎么让别人知道我很幸福"。

与其让时间被朋友圈不声不响地吞噬，我更愿意把光阴浪费在我觉得美好的事物上。

当我删朋友圈时，
我在想些什么

1

先不谈朋友圈，谈一个朋友。

她叫包包，1991年出生的香港女孩，瘦瘦小小、其貌不扬，笑起来却很明亮，像小太阳一样。

她常常活在别人讶异的目光中——中学退学，到台湾念大学，回香港从事时尚营销工作两年后，辞掉高薪的工作，又来到台北创业。她身边的朋友多是中规中矩的上班族，没法理解她的选择。

我想，如果她每天用朋友圈更新自己的动态，评论区一定会有很多朋友劝她回头是岸吧。

包包说，有些事情，二十几岁不做，三十几岁就更不可能去做了。现在做错了，大不了重新来过，等到三十几岁，就来不及了。

包包和三个伙伴创立了小太阳创意空间。这是一家社会企业，以商业模式经营，积极承担社会责任。

我想到前段时间和一个台湾小哥聊起，他一脸鄙夷地说："所谓社会企业，都是打着好听的名号，骗人的。"

我默然。实话说，我身边很多人都是这样想的，甚至我以前也这么认为。我忍不住问包包，别人不能理解，该怎么办？包包倒是很坦然："这世上本来就很少有人能真正地相互理解呀。"

2

我们太在意别人的目光了。理解的、不解的、羡慕的、鄙夷的、仰望的、嫌弃的，一道道来自他人的目光，成了我们喜怒哀乐的理由。

我一直记得高中时的一件小事。

一个不怎么熟但彼此印象都不错的女生，突然间好像不怎么理我了。过了大半年，因为同上一个辅导班，我们又熟悉了起来。聊起曾经的隔膜，女生告诉我，我好几次看到她都没打招呼，眼神冷淡，还以为我对她有意见。

我冤啊，那段时间，我只是试着走路不戴眼镜而已。没跟她打招呼，恐怕是因为我没看清楚是她。眼神冷淡、面无表情，只是因为我在专心走路啊。

有时候，别人投来的眼神，没有任何特殊含义，是我们自己想太多。

<u>3</u>

回到女孩包包的身上，她原先从事的是时尚营销，深深感觉到这个行业在制造"跟社会的矛盾"，生产着多余的需求。

时尚行业，通过广告强调拥有什么你就是高贵的、有气质的，你就能获得别人欣羡的目光，以此挑拨人们的需求，轻轻松松把成本几百元的商品卖到几万元。

这类广告之所以有效，是因为它们精准击中了大多数人的弱点：我们太在乎别人怎么定义自己了。我们思考的，不是"怎么变优秀"，而是"怎么让别人知道我的优秀"，不是"怎么变幸福"，而是"怎么让别人知道我很幸福"。

说实话，我也曾是这样的人。去某一家昂贵的餐厅时，我最期待的时刻，居然是拍照在朋友圈里秀定位。

<u>4</u>

现在，我关闭朋友圈已经有一段时间了。

删之前的朋友圈内容时，我还有点心疼："天哪，我的所有光辉时刻，就这么被删了！那以后别人还怎么知道我曾有这么丰富的经历？"

我有个很优雅的朋友，她喜欢烹饪，钟情手作，她做出许多让人看着就觉得美好的干燥花束。朋友将亲手制作的干燥捧花一一拍下，只为了自己留作纪念，而不是忙于修图发朋友圈等待着点赞和评论。

事实上，除了受朋友之托帮忙推广，她几乎从来不发朋友圈。有一次，我问她："你生活得那么丰富，不发朋友圈，又怎么让别人知道呢？"

她很诧异："我做这些，是因为我喜欢。我凭着自己的心意，把时间花在美好的事物上，为什么一定要别人知道呢？"

我哑口无言，她俏皮地一挑眉："再说了，就算想让人知道，在交往的过程中，让对方一点一点发现你的好，不也很不错吗？"

是啊，她就是那样的人，在相处的过程中，一次一次让我惊艳，原来她有那么多才能。

而我呢，有一丁点亮点就忍不住在朋友圈里秀，把大把时间花在了打造"别人眼中的我"上。获奖了要发朋友圈，让别人知道我很厉害；为了项目通宵加班要发朋友圈，让别人知道我很努力；看书、画画要发朋友圈，让别人知道我很会生活；吃了美味的料理要发朋友圈，不然岂不是白吃了？

说到底，我发朋友圈，是为了伪造出一个比"真实的我"更好的人。

就拿我舍不得删掉的某张照片来说吧，恰巧把我拍得很漂亮，还用软件磨皮美白过，虽然很美，但跟平常生活中别人看到的我已经不怎么像了。

夏天里认识一个女生小A，长相中等偏上，可她朋友圈里的自拍都是网红的样子。大家熟了，午餐后去咖啡厅，几个爽朗的姑娘直言不讳道："那些照片真的是你吗？我们完全认不出来了！"小A为了表明真的是本人，当场教其他姑娘怎么自拍：要微微侧脸，露出珍珠耳钉，收下巴，最好微微张嘴可以显得下巴尖……

姑娘们在咖啡厅玩自拍玩得不亦乐乎，小A还邀请长得清秀漂亮却从来不发自拍的小Q和她一起自拍。小Q连忙摆手，说自己不会拍照。果真，虽然实际上小Q容貌更胜一筹，可拍出的照片里，小A硬是靠自拍绝技显得比小Q美。

后来，一个姑娘私下里和我说："照片里再美又有什么用，大家还是觉得她没小Q好看啊。"

我深以为然。说真的，没人把朋友圈里的东西当回事呢。

5

以前，我是个喜欢写东西的人。可是迷上了朋友圈以后，我渐渐地把创作能力耗在发朋友圈上——

配图要用美图秀秀精心修过，怎样显出品位和格调；

文案一字一词都要仔细拿捏，怎样显得厉害又不像装×；

别人的评论，要一个一个回，体现和朋友们的良好互动；

甚至在评论别人发的东西时，我也会字斟句酌，极力在共同好友面前展现我们私交甚好；

如果哪一条朋友圈没有很多人赞和评论，我会觉得非常不安，过一会儿就要下拉刷新一下……

渐渐地，我很少再认真地看一本书，往往是随便翻开一页，发条朋友圈展示我在读这本格调很高的书，紧接着和评论互动一下，再刷刷别人的动态，然后就弃书不顾了；我很少再认真地写字，发朋友圈吞噬了我的业余时间，想表达的东西也通过朋友圈支离破碎的字句倾诉，我失去了完整表达的能力……

直到我发现，身边不怎么刷朋友圈的朋友个个过得比我丰富，他们在做着自己喜欢的事情，不急于寻求他人的理解和认同。

中学时代我们身边就有一些低调的学霸，暗搓搓攒了一堆奖项，学业、演讲、乐器甚至是电竞，却从不喜形于色，你若是不问他，他几乎不会主动提及。我们义愤填膺地吐槽学霸有心计，殊不知学霸只是在专心经营自己的事，无暇去处心积虑地打造别人眼中的他。

我觉得是时候改变自己了。于是，我删掉了之前的所有动态，关闭了朋友圈。

6

生活有了些小小的改变。

我不再在朋友圈里发些碎片化的文字，而是试着写千字短文，也意外地得到一些朋友的共鸣和喜欢。我不再精心修图发自拍，而是在网络慕课上跟着敖幼祥老师学画四格漫画，设计出几套漫画表情，让自己画出的小猫戴着和我一样圆乎乎的眼镜，心里欢喜得不得了。

…………

当有一天，我发现爸妈了解我的近况，是通过私聊，而不是通过眼巴巴盯着我朋友圈里的动态时，我真的觉得，我过得比以前更让我喜欢了。

停用朋友圈，对我的社交有什么负面影响吗？说真的，我暂时还没看出来。可以公开展示给所有人观览的内容，大多数时候，其实无关痛痒。而我所珍视的友谊，是能够彼此分享一些不足为外人道的心绪。

我并非要劝大家关了朋友圈，相反，我觉得发发图片和朋友们分享小确幸、用简单文字记录生活琐事是件挺美好的事。

物为我用，朋友圈的出现，本是为了拉近和朋友间的距离。可是如果有一天，你发现自己反而受制于物、为了发朋友圈而发朋友圈时，就需要重新审视这件事了。

我更希望，我发朋友圈，是因为确实有喜悦或心事，自然而然地表达，而不是为了获取关注而发一条朋友圈，节制一周只为去一次可以炫耀的餐厅秀定位。

其实，别人远没有你想象的那么在意你。

你为了让照片里的下巴稍微尖一点而修图半天，其实别人完全看不出差别；你觉得自己做了件了不得的事赶紧发朋友圈广而告知，其实别人滑过了就忘了，根本不记得你发过什么；或者，有的人跟我一样，压根就不看朋友圈呀。

7

包包的"小太阳"，靠两种方式盈利：一是做民宿，接待背包客；二是办活动，和艺术家合作，办展、开课程等。

前段时间他们办了渲染课程，有一家人来玩，小朋友亲手把旧的衣服创造成一件新的东西，全家人都玩得很开心。

他们还办了一期禅绕画课程，有十几个人参加，大多是二十到三十岁的女性。一堂课持续四个小时，这堂课对她们而言，是一种心理疗愈。大家都沉浸在做禅绕画的过程中，没有人需要用玩手机刷动态来打发时间。

包包说，我们应该用逻辑去思考，考虑"好不好"而不是"该不该"。

比如女人三十岁之前结婚，我们要考虑的，不是在别人看来"应该"三十岁之前结婚，而是女生三十岁前结婚生小孩恢复比较快，所以三十岁前结婚对我们自己来说是"好"的。

认识了包包这些朋友后，我觉得我更懂生活了。

我是一个人在生活，而不是一个人和无数来自朋友圈的目光一起生活。我不必被别人的目光绑架，更何况，那些目光，搞不好还是我自作多情的假想。

与其让时间被朋友圈不声不响地吞噬，我更愿意把光阴浪费在我觉得美好的事物上。

为什么
我越来越害怕微信聊天？

最近跟朋友开玩笑说："我越来越害怕微信聊天了。"
此话怎讲？

1

一、微信将我的工作和生活掺杂在一起。

现如今，不看微信几乎不大现实。

大企业会有独立的IM系统，而包括我在内的不少人，业务往来都是靠微信沟通的。

微信毕竟不是一款工作专用软件，里面的人脉除了有工作伙伴，还有亲戚、朋友、仅有一面之缘甚至从未谋面的各种好友。

可以说，一个人的社交网络都沉淀在微信里了。

为了确保自己不漏收重要消息，我在工作时都会登录微信网页版。

可是，我在工作状态中会时不时接到一些朋友的问候，偶尔忍不住回复了一下，你来我往，高效的工作模式就切换成了散漫的闲聊模式。边聊边处理事情，效率大为降低。

还有的时候，我打开手机微信，本来想确认一下事宜，结果目光扫过朋友圈的红点，顺手刷了五分钟朋友圈。结果，我常常忘了自己刚才拿出手机是要做什么。

对我和我12G内存的手机而言，微信太庞大了。它涵盖了工作和生活，模糊了二者之间的界限。

它让我常常觉得，工作的时候高效不了，休息时间也从未从工作交流中解脱过。

2

二、微信消息时常打断我的思路。

"你好，这个版本有以下地方需要修改……"

"你有什么认识的长得漂亮、适合做代言人的网红吗？"

"亲爱的，帮我看看哪款好看？"

"想请教一下，你公众号的第一批粉丝从哪里来呢？"

"…………"

这些时不时跳出的微信消息，总是会打断我的思路。

如果我回复了，一来一回，可能几十分钟时间就没了。

如果搁置一两个小时，可能会给人留下轻慢的不良印象。倘若暂时没有回复，后来彻底忘了这一回事，那就更得罪人了。

3

三、有一搭没一搭地对话，沟通效率很低。

微信的文字消息，听不到语气，看不到表情。收到文字时，你可能需要揣摩每一个句读，有时还会会错意。

微信语音，无法打断，无法请求对方重点阐释。你可能听了大段的语音，却捕捉不到重点。

文字和语音的往来，没有回复的及时性。

这样有一搭没一搭地对话，沟通效率很低。我回复完你的消息后，几分钟没收到你的回音，我可能会时不时走神，查看一下有没有漏收消息。

本来一通十分钟的电话就能清楚沟通的事情，放到微信上，常常要讲上半个小时。

4

四、群聊耗费时间。

和菜头说，建群是一种瘾。此言不虚。

明明是同一群人，却非要在好几个群里碰头。各个群里的活跃分子，也就那么几个人。

你想退出群聊吧，人家说你太不给面子了；不退出吧，即使设置了消息免打扰，一打开微信，一列都是群聊的小红点，看得你都难受。

有时候，你明明无意加入群聊，却会收到呼叫。如果是群主呼叫了所有人，那还好说，忽略即可。若是有人单独呼叫了你，你还要琢磨怎么回复，以免冷场让对方尴尬。

群红包也是谋害时间的一大杀器。

明明是喝杯咖啡几十块钱不眨眼的人，玩起抢红包来，几毛钱抢不到，就像错失了一个亿。

有人打趣道："看着你们在群里发红包，我连聊天界面都不敢退出。"

"我才刷了个朋友圈，红包就抢完了！"

"还有人发红包不？你们都别发了，我才能安心睡觉啊。"

人都有贪小便宜的心理，抢红包会上瘾。可抢红包又能捡到什么便宜呢？抢得最多的那个，还是要按照潜规则继续发红包。

要说发群红包能沟通感情吧，我倒觉得，要沟通感情，私下发来得更实在。

群里抢红包，看似热闹，其实无形之中耗费了我们不少宝贵时间。

5

五、微信占据了不少碎片时间。

不知不觉间，微信占据了我们大块的碎片时间。看完这篇文章后，你可以数一数，一天之中，你会下意识地刷多少次朋友圈？

你可能觉得发朋友圈是闲暇时光的一种消遣。你以为，你只是花了五分钟编辑发送一条朋友圈。可实际上，你耗在这条上的时间，远远多于这五分钟。

发完朋友圈后，你要花多长时间回复别人的评论？更不用说有人看到你的朋友圈后，来和你私聊，和你寒暄一番了。

有时候，你用碎片时间评论了别人的朋友圈。可到了你的工作时间，别人回复了你，你八成会恋恋不舍地再跟别人讲上几回合。

所以，微信不但占据了我们的碎片时间，甚至切割了我们的大块时间。

6

六、一不小心就得罪人。

微信打破了时空限制，却也"绑架"了人身自由。

时不时有人拜托你投个票、点个赞，帮忙转发一个网页链接。

如果没有微信，这些人情往来本不会打扰到你。可微信把人际关系无限拉近，近到地球两极只隔了两个屏幕的距离。本该天涯海角各不相干的人，因为加了个微信，突然间就近在咫尺了。

从前是远水救不了近火，而如今，即使你是远水，也不得不扑过去救十万八千里外的一场小火。

逢年过节时，常常收到群发的祝福。挨个儿回复吧，耗时耗力；不回复吧，又怕下次聊天会尴尬。

有时候，并非工作时间，你却不得不回复客户的消息。

如果你在吃晚饭，一时忘了回复对方，却在朋友圈晒出美食照片，对方对你的印象必然会大打折扣。

还有的时候只需要回复一下"好的"或者"知道了"，你用意念自动回复了，实际上忘了回。对方若是计较一些，心中又给你打了个差评。

"不回微信却发朋友圈"，这是一项新罪名啊。

还有一个亲身体验，有些比较难立即答复的消息，我会暂时不回。每当这时，我就变得谨小慎微，刷朋友圈的时候，不敢在共同好友底下点赞。有时候失手赞了一下，意识到以后，又懊恼地取消了赞，生怕露出马脚。

"不回微信却给别人点赞"，也是一项新罪名。

写到这里，不禁想到那首《从前慢》：

> 从前的日色变得慢，
>
> 车、马、邮件都慢，
>
> 一生只够爱一个人。

而如今，一个小时不回微信，就已经是罪大恶极。

逃离朋友圈
实录

1

一觉醒来，你发现，昨天半夜分享到朋友圈的链接，点赞数寥寥无几，有点失望。

那是关于奶酪该怎么挑选、芝士和奶酪有什么区别的文章。昨晚发完后，没人回应，你像模像样地在底下给自己评论了一句："好怀念在法国每天吃奶酪的日子。"

你有一段法国留学的经历，所以你总是有意无意地在朋友圈里提起这段经历。

你觉得这不足为奇。你朋友圈里，在台湾生活过的朋友会频频就蓝营绿营、两岸关系发表言论；从英国归来的朋友，会时不时转发一些关于英国脱欧的文章。

没人点赞，没人评论——

你觉得有些尴尬，又有些庆幸。

朋友圈是一个伟大的发明。它不会像微博一样，有多少个赞，一看便知，谁都可以公然窥探你的生活，分析你的人脉。

而朋友圈不是。

朋友圈里，谁也不知道你的动态无人问津。这让你感到庆幸。

即使如此，你还是自觉把这条分享删掉了。和往常一样，你习惯默默把没人点赞的冷门内容删除。

你想到前段时间被黑得很惨的映客，黑屏直播三小时都有21个观众观看，每一个真实观众带来39个机器观众。

你在朋友圈直播生活的时候，总觉得几千号好友都在目不转睛地关注着你的动态。但其实，真正在看的人，估计不超过百人。

朋友圈里，真实观众也寥寥无几。大部分好友，都是假粉。

你难过了一会儿，忽地又有些愤然。

你觉得朋友圈消耗了你的太多时间和感情。你心里其实很清楚，这些浪费掉的感情，大部分都是你自作多情，但你是不会承认的。

你对朋友圈的世态炎凉感到失望。你决定，你要逃离朋友圈。

2

对朋友圈，你有些害怕。

朋友圈已经不仅仅是工具了，它像人类制造出的一个伟大的虚拟容器，装载下了你的自尊、虚荣、浮夸、谄媚、嫉妒、高兴、悲伤……

吃饭前，你拍开朋友正准备动筷子的手："等我拍张照片发朋友圈再吃。"

出国旅游的时候，你会在定位里找一些由奇怪符号组成的地址，秀一下你的定位，再发几句岁月静好句式的鸡汤，等着收割点赞。（至于那些奇怪符号翻译过来究竟是什么意思，你并不知道，那也并不重要。）

你单身，长期没有感情生活的你，时不时在朋友圈里表达一下隐隐的哀怨。当然，这种动态，是仅仅写给个别暧昧对象看的。

化全妆的时候，你会不厌其烦地自拍几十张，挑出最满意的一张，用美图秀秀精心修个半小时后，才发朋友圈。

发食物时就比较随意了，你习惯用正方形，再加一个苹果自带的铬黄色滤镜。

没错，铬黄。你不清楚这个字念ge还是luo，但你清楚，这种滤镜会把所有平凡的食物拍出诱人的模样。

每天，你都要花费大量时间去构思一条朋友圈，向大家展现你想让他们看到的一面。尽管如此，有时候，点赞数量还是不尽如人意。

时间长了，你也就习惯了。发朋友圈之前，你甚至能预估出哪些是点赞高，哪些是没人点赞的。

3

因为朋友圈，你还有过几次小小的不愉快。

比如，你终于加上了一个前辈，客客气气地跟对方打招呼，一点进他的头像却发现他已经对你屏蔽了朋友圈。

比如，你跟朋友Cindy合照，她把自己修得美若天仙，把你拍得丑出天际，还不经你同意就分享了照片，好几个共同好友都点了赞。为此，你生了好几天闷气。

比如，你和朋友Tina合照，你把自己拍得很美，照片里她也挺好看的。你发了朋友圈，她却非说这张不好看，要求你删掉。你觉得她简直不可理喻。

比如，某某老朋友和你聊天，却一点都不知道你早已经回归单身生活了。你心中愤愤地想，我不是已经发过朋友圈了吗？

比如，你把每个新加的好友都分组得井井有条。有一次，你发了个朋友圈吐槽公司加班太晚、组里工作效率太低，分组对"同事"不可见。万万没想到，你加新任职的上司时加得仓促，忘记分组，结果她看到了，还给你点了个赞，意味深长。

比如，你的大学同学二狗，撞了大运创业成功，融资百万，现在每天在朋友圈里秀他的员工、秀他的健身照、秀他有沟的女朋友，俨然过上了另一个世界的生活。

你的高中同桌小红，一言不合成了网红，时不时发几张和明星的合照、截图几张粉丝留言，又或者是帮某某公司的老板友情转发招聘帖。

对这些人，你心里是不爽的。但你不舍得屏蔽他们的朋友圈。相反，对他们的动态，你总是看得分外仔细。

他们刚开始走向人生巅峰的时候，你总是很殷勤地给他们的动态点赞留言，但他们渐渐地不再回复你，你也就不再自讨没趣了，改成了默默窥屏。

和朋友聊起你的牛×熟人时，你也会翻出他们的朋友圈，跟朋友一起对"熟人"指指点点："你看看她，很显然整容了，割了双眼皮、隆了鼻子、垫了下巴，跟当初根本不是一个人啊。"

有一天，你照常点开小红的头像、打算窥屏她的朋友圈时，发现她的动态只剩下了一条横杠——她屏蔽了你。

你的胸腔燃起了一团火。

你难过，愤怒，不甘，咬牙切齿，却无能为力。

那天晚上，你失眠，久久不能入睡，你从字母A开始，点开每一个好友的微信头像，看看谁的朋友圈已经成了一条灰色的横杠。

你发现，好几个人已经屏蔽了你——可能是你一天发五六条的频率太高？可能是他们觉得你连天气太热都要发朋友圈，内容太没意思？可能是他们只是看不起你这个人？

你越想越义愤填膺。

从那一刻起，你对朋友圈，去意已决。

尽管如此，你还是在深夜分享了一篇"奶酪该怎么挑选"的文章，顺带追忆了一下你的法国留学经历。

一觉醒来，你发现只有两个人点赞，更心灰意冷了。

"我要逃离朋友圈。"

你痛下决心，在"设置"里，停用了朋友圈。

4

关闭了朋友圈后，你陷入了空前巨大的安静之中。

朋友圈里，除了小视频有声音外，其实也是无声无息的，但你总觉得嘈杂。

但安静也不好，安静让你心慌。

等餐的时候，搭车的时候，如厕的时候，你常常怅然若失，下意识地点开微信里的"发现"，却发现已经没有了"朋友圈"。

安静了几天，你开始觉得自己以前发的朋友圈都好无聊。

摔了一跤要发朋友圈吐槽，想拿个餐厅优惠要发朋友圈集赞，买了两本纸质书要发朋友圈分享，胖了两斤也要发朋友圈感慨一下。

你开始删之前的朋友圈。你要把它们删得一点不剩。

但是，删着删着，你觉得有些心疼。毕竟，即使幼稚，那也是对自己生活的记录啊。好些照片，拍照加修图花了好几十分钟，回复评论也花了几十分钟。这些满满都是记忆啊。

你有点难过，但还是狠了狠心，把朋友圈全都删掉了。

你神清气爽了好半天，又担心起来——

别人打开你的朋友圈发现是空的，会不会以为你屏蔽了他？

这影响可真是太不好了！

你删光了动态后，别人看你的朋友圈，会是什么情况呢？

你很好奇。于是，有一次，你拿了你朋友的手机，点开你自己的头像，确认你删光了动态、关掉了朋友圈后，对方是不会看到横杠的，他只是看不到你的个人相册。

你舒了口气，确认别人不会误会了，也确认那些你看到灰色横杠的人是真的屏蔽了你，或者删了好友。你平息的怒火又重燃了起来。

过了几天，你又开始担心，如果有人"提醒你看"了，你没收到，岂不是尴尬了？

你还是会时不时打开朋友圈看看。

看到上司的动态下，簇拥着一大堆点赞的名字，评论都满屏了。你突然有种脱离了集体的感觉。

如果上司和同事觉得你故意不给他们点赞，那该怎么办？他们不知道你关闭了朋友圈啊。

你想，逃离朋友圈，也需要一点仪式感。

你决定，你要发一条朋友圈，告知一下所有人。

"我关闭朋友圈了。"

最终，你发了这样一条动态，然后在心里对自己说，再也不看朋友圈了。

后来，这条点赞挺多的，你挺满意。

你有多久
不读书了？

1

前几天，朋友圈里流行起"收到多少赞，今年就读多少本书"的游戏。

我看了，挨个点赞，挨个保存他们的截屏，打算年末再问问他们。

身边总有很多人喜欢码各种书单说要屯着看，很多人在新年立志要读几十本书、一百本书。可是，到最后，真正兑现诺言的，往往寥寥无几。

宋朝诗人黄山谷有这样一句话，三日不读书，便觉语言无味，面目可憎。

而码了那么多书单的我们，到底有多久不读书了？

一天？一星期？一个月？一年？……

我自己回答一下。

按黄山谷的标准来看，我的模样一定已经不忍直视了。在被手机"绑架"前，我是个文艺青年，最爱徜徉在卷帙浩繁的图书馆里，读莎士比亚、卡尔维诺、卡夫卡、三岛由纪夫、张爱玲等等。看得懂的、看不懂的，我都爱读，颇有五柳先生"好读书，不求甚解"的雅兴。

时间推移，迷上了智能手机后，我渐渐地冷落了书籍。手机里有闲聊发红包的朋友，有神乎其神的帖子，有让人笑出腹肌的视频。手机里装着新奇的大千世界，让人目不暇接，哪还有空读书呢？

回首过去的一年，我读过的书屈指可数。

我安慰自己，不看书，不等于不阅读嘛。我每天看各种公众号推送、各种长微博，也是在阅读呀。

我开始产生危机感，是因为偶然间看了一本书，译名叫《浅薄：互联网如何毒化了我们的大脑》。大意是讲，互联网让我们的大脑变得更"善于杂耍"。我们习惯于蜻蜓点水般，从多种信息来源中广泛采集碎片化的信息，对扫描和略读越来越得心应手，却越来越难聚精会神。

就这样，我们在不知不觉间，丧失了深度阅读、深度思考的能力。

出于"易读"的考虑，手机里的文章往往在三千字以内，这些碎片化的文字，诚然可以获取信息、引发感悟，但总归承载不了厚重的灵魂。

更令人堪忧的是，这些文章质量参差不齐，却无一例外取着吸睛的标题，引诱你点击阅读。读完，一声感慨后，你一无所获。

《女孩子为什么要努力》《我为什么要拼命赚钱》《一些二十岁不信，三十岁终于相信了的道理》……这些文章，有些确实能击中人的内心，让人深有同感，可是那又怎样呢？

"说的就是我啊"，嗟叹过后，生活波澜不兴，毫无起色。戳中你内心的金句，提供不了改善你生活的实质性指导，偶读怡情，多读无益。

2

读完《浅薄》，心中警钟大作。于是，我决定重拾书籍。

我在微博上发起了"21天做好一件小事"的话题，召集了有同样意愿的百余位朋友每天一起读书打卡。

在过去的21天里，我在公车上、地铁上、飞机上、等餐时，还有站着排队时读了四本书，可以说是见缝插针。要是放在以前，这些时间里，我都会低头玩手机、聊天、刷微博、看推送。有时候，我甚至压根不知道自己要做什么，只是下意识地划开了手机屏幕锁。

开始读书后，我几乎是走到哪儿便读到哪儿，我以为我已经很拼了。可是，一次在上海的地铁上，大家挤得前胸贴后背，我眼见了一个令我自愧不如的小哥。

当时，我被挤得快窒息，毫无心情读书，于是百无聊赖地随意扫描着车厢。于是，我看到一个小哥，前后左右被人包围，他却分外淡定，左手拎着包，右手举着Kindle，聚精会神地看着满屏的英文。

他就这样，在人山人海中，开辟了一片自己的净土。

看着他安静读书的样子，我不禁惭愧——永远别标榜自己努力，比你还拼的人多得是。

3

读书，让我的生活发生了哪些变化？

最直观的一点是，我手机不会每天都没电了。

过年出去旅行，我带了本书，空隙时间随时拿出来翻看。同行的朋友和我用同一款手机，等待时间，她刷手机，我看书。于是每天到了晚上，当她手机电量耗竭，到处找插座的时候，我的手机还可以正常使用。而在此之前，我每次都得随身带着移动电源。

其二，我发现，人生需要学习的真的太多了！

读完《说服你其实很简单》后，我大为感慨，原来说服也是一门学问，而这种能力完全可以通过学习来提高。我常苦恼于和他人意见不合却无法彼此说服，懊悔于在专柜常常被美容顾问忽悠着买买买，为什么不花时间看看书，学一学说服的技巧呢？

不少对夫妻常常闹矛盾，有的甚至争争吵吵一辈子。"他一点都不在意我的感受""她总是抱怨个不停""他忽冷忽热"，这些伴侣相处方面的困扰，在《男人来自火星，女人来自金星》里都有应对策略。如果夫妻双方里有一方读了这本书，懂得了男性和女性的思维差异，那么情况会不会不一样呢？

很多人以为，只有学生才需要读书。其实，人和人差距越拉越大的时期，并非学生时代，而是在战线更长的成人期。

有的人成年后，就安于现状、不再学习，或者是有了亲身教训后才学习；有的人，则善于通过读书的方式，与伟大的灵魂对话，他们在书中孜孜不倦地汲取新的知识，持续地学习和思考。

"问渠那得清如许？为有源头活水来。"阅读，便是思维的活水。读书的人和懒于阅读的人，气质、谈吐、境界，都是不一样的。人可以老去，但切勿没有灵魂地、麻木地老去。

其三，读书能帮助我们反思生活，开阔胸襟。

读书时，我们用自己的经历比照书中的内容，反思人生，获得启迪。有句话说得好，未经反思的人生，不值得过。

去年，我在台湾时认识一个很优秀的小哥，他领导着几个很有分量的项目，积极参与社会活动，还是个小有名气的饶舌歌手，每天都有很多事情可干。我跟他聊到通勤时间，他说，他每天回家，来回要花将近两个小时在路上。在搭地铁的两个小时里，他就戴上耳机，拿出一本书来看。

我很惊讶，时间多宝贵呀，对他这样的精英来说，更是如此，便问他，为什么不在附近租房子。

他想了想，说，一方面，他想趁现在多陪陪父母；另一方面，他其实挺享受通勤时间的——可以看看书，厘清自己的思路。书里的乾坤，让他时时有一种豁然开朗之感。

书中有浩瀚的宇宙、宽阔的世界、宏大的历史，那么多悲欢离合，那么多盛衰兴亡。相较之下，眼下的小烦恼小情绪，简直微不足道。

人如果不读书，很容易把自己束缚在生活琐事里，锱铢必较，日渐变得思想狭隘，格局窄小。

4

每天读书半小时的活动里，大家读的书包罗万象——《摆渡人》

《三体》《月亮与六便士》《理想国》《拆掉思维里的墙》……说来也挺惭愧，好多人读的书，我都是只曾耳闻，却从未真正读过的。

参与者里，有妈妈哄着宝宝睡下后开始看书，读孩子启蒙教育类书籍；有网友因为同读《百年孤独》而结识，成了朋友；有情侣结伴读书、相互勉励，顺便秀恩爱……

我关注了那位妈妈的读书笔记："原来孩子到两岁才开始构建自我，当宝贝说什么都是属于她的时候就是自我形成的标志；

"继续读这本书，知道了不少新概念——模仿敏感期、自我意识敏感期、审美，还有孩子为什么爱玩沙；

"读了这本书后，觉得自己在教育女儿方面还有许多欠缺，幸好遇到了这本书，也幸好女儿才一岁，一切都还来得及……"

我被这些平实的话语所感动。一个母亲，那么认真地去看书，学习关于孩子的一切，不断修正自己的教育方式。

有母如此，何等幸运！

5

附上一些读书经验。

❶用碎片化时间读书。

常常有人抱怨抽不出时间读书，我以前也常以此为借口。后来，我告诉自己——当你想拿出手机来时，就拿起书来读！只要你有决心，你可以在一切零零碎碎的时间里，用Kindle或者纸质书阅读。用刷一分钟手机的时间来读一页书，那么一天起码能读个几十页。

❷ "丢三落四" 地读书。

读书的另一个痛点在于，完整读完一本书，十分耗时。你可以挑最感兴趣的部分来读，读的页数多少无所谓，主要是有收获。

读书，不是谁给你规定的任务，一定要完完整整地读完。你读进去几段，就 "赚" 了几段知识。

❸ 代入自身经验去读。

读书还有一大困难在于，读完了书，却留不下什么印象。这时候，可以代入自身经验去阅读，一边阅读，一边结合自身情况，进行思考和发想。

譬如，读《红楼梦》，宝玉和黛玉彼此有意，却常常起口角。"既熟惯，则更觉亲密，既亲密，则不免一时有求全之毁，不虞之隙，这日不知为何，他二人言语有些不和起来。"

读到这里，可以回忆自己的经历，你是否也认为很多感情败在 "求全之毁，不虞之隙" 上呢？因为亲密熟稔，所以生出过于苛求的贬损，产生预料不到的误会。随意使小性子，发脾气，导致感情失和。

《红楼梦》里，熙凤、宝钗的 "说话技术"，也值得细细琢磨。当你有不知该不该说、话该怎么说的困惑时，想一想，如果这时候是宝钗，她会怎么说这一番话呢？

给每一本书以自己的经历做注脚，更容易记忆、更方便应用，就不会匆忙读过，却毫无收获了。

❹ 找到同伴，相互激励。

采用读书打卡或者读书会的形式，可以有效地避免自己找借口偷懒。

在打卡读书的21天里，我走过了好几座城市，有时候累到连妆都不想卸就想直接睡觉。但一想到还有那么多小伙伴会和我一起坚持下去，我就会自觉地坐起来，卸妆，敷面膜，看书。

找到同伴，还可以相互交流读书感想，既可以享受读书时沉静的感觉，又因为命运奇妙的连接，认识志趣相投的伙伴。和书友一起做伴进步，岂不是很美好的经历？

❺ 写读书笔记，输出内容。

读书，是信息的输入；写读书笔记，是加工后的信息输出。当你知道自己要写一些反思的时候，会下意识读得更认真。

譬如我在读《男人来自火星，女人来自金星》时，给了自己写读书笔记的任务。于是在读书时，我就一直在思考，哪些问题是我曾遇到过的？下次遇到时，我该如何应对？作者的建议，高明在哪里？

<u>6</u>

白岩松的《白说》里，谈及读书，这样写道——"如果没有阅读，你会走到死路的尽头。而在书中，你会读到跟你有着同样经历的人，在那个死路尽头记录下来的所思所想，帮你推开一扇新的门。"

他还写到，读书时，好像有一层窗户纸被捅破了，突然洞悉了与生命、人性紧密相关的一切。

如果你不甘于浅薄地活着，那么，是时候重拾书本了。

你不是熬夜努力，
你是熬夜装×

1

熬夜成了一种瘾。

某位媒体人下班途中猝死，报道着重指出他常常熬夜加班。媒体人心有戚戚焉。熬夜导致过劳死，这几年屡见不鲜。

昨晚和闺密见面，她劝了我好几遍：

"少熬夜。少熬夜。少熬夜……"

这话已经成了一句口号，天天喊着要做，却从未落实过。

熬夜的危害，人尽皆知。

听过许多道理，熬夜还是继续。

对有些人来说，熬夜是因为真的忙碌；而对有些人来说，熬夜成了一种庸碌。比如我。我每天半夜十二点推送公众号，之后和异地恋男友聊一聊，一两点在朋友圈分享个文章链接，以表明自己还没睡。

不知何时，熬夜也成了朋友圈分享的内容之一。半夜十二点刷朋友圈，你会看到一两句"终于下班了"；凌晨一点刷朋友圈，你会看到几句感慨："这个点还不睡的，只有广告狗了吧。"

不，朋友圈里没睡的，除了广告狗，还有公号狗，还有创业狗，还有设计狗，还有考试狗，还有打游戏的单身狗……

熬夜的理由数不胜数。每一个都冠冕堂皇。

熬夜成了一种惯性、一种瘾。

2

熬夜造成努力的幻觉。

熬夜常常和拼命和努力联系在一起。一定程度上，我们宣扬熬夜。

从那个传闻中的凌晨四点半的哈佛图书馆，到田小姐标榜自己长期缺觉导致蓝色大脑，都让我们产生幻觉，熬夜就等同于努力，缺觉就等同于拼命。

其实，很多时候，你之所以熬夜，是为了假装努力和感动自己。你只看到自己努力，以为熬夜就很了不起，却忽略了自己曾自暴自弃。

熬到很晚，复习到十二点，加班到第二天，还不忘发个朋友圈。

复习一定要拖到考前一晚，工作一定要拖到最后时限，最后一刻才开始赶，你早干吗去了。你有时间刷朋友圈，有时间跟朋友聊天，有时间看电影追剧，有时间玩手机游戏，就是要拖到半夜才去工作、学习，还安慰自己，这是因为努力。

你不是努力，你只是效率低下而已。

你不是熬夜努力，你是熬夜装×。

3

熬夜是给自己画了条延长线。

我有段时间熬夜，咖啡喝太多导致彻夜难眠，头痛欲裂，心律不齐，整个人如同被抽干，仿佛眼睁睁就能死给自己看。接下来几天，恶性循环。

后来，我深刻反思，所有的死，都是自己作出来的。你不是真的没时间，不得不拿命去换钱。你熬夜，是给自己画了条延长线。习惯拖延，白天拖延再拖延，反正你能牺牲睡眠，你有的是时间。

正是因为你知道自己会熬夜，觉得自己时间多，才会肆无忌惮去挥霍，才会一点一点慢慢磨。你熬夜时流的泪，都是你偷懒时脑子里进的水。

你不知道，从睡眠那里偷来的时间逃不过上帝的法眼，你对身体的亏欠，你很快就能看见。

"熬夜的危害，举个例子？"

还有，眼睛干涩，视力衰退，皮肤变差，腰酸背痛，记忆力下降……

<u>4</u>

你本可以不熬夜。

大部分的熬夜，其实都可以避免。明明工作已经很忙，闲暇时候，你还是去唱歌、撩妹，深夜去酒吧喝个大醉。

你知道的，你本可以不熬夜，你不是真的努力，你是缺乏自律。

早睡，就相当于给自己定最后时限，知道一天很短，才会有紧迫感。

这世上，没有什么紧急的工作一定要熬夜完成，没有什么事情比身体还重要。

把这份不熬夜宣言分享到朋友圈，少一点打脸，多一点实践。

共勉！

喂，
你又不是活给别人看的

1

在别人眼里，他是大神级别的存在。颜值高，能力强，什么事都能做出令人惊艳的效果，完美得简直像处女座。

他考名校，搞科研，发表论文，一路遥遥领先，被身边的同龄人深深羡慕着。

一次喝茶，他对我说，他很迷茫。为什么而迷茫？

以他的模式发展下去，以后要么进研究所，要么在高校任教。而这两条路，都不是他真正向往的。

他说："我一路走过来，想的都是怎么比别人更好。到了如今，我发现根本不知道自己想要什么。我一直努力比身边的人更优秀，可是猛然一抬头，发现其实我对我所在的领域根本谈不上喜欢啊。"

他确实是一个竞争心很强的人，他曾对我说："我知道这世界上有很多人比我厉害，但如果那个人就在我身边，我就会很不舒服，一定要超过他才行。"

一直以来，他以"我要比别人更好"作为目标，一路快马加鞭，靠超过别人来获得优越感。突然有一天，他发现，他走的路，或许是别人艳羡的，但根本不是他想要的。

我为他叹息："喂，你又不是活给别人看的。"

2

她和男朋友分手了。

一个人的日子里，她健身、看书、学吉他、学日语、学化妆搭配，让自己变得更优秀、更有女人味。

我以为她很豁达，直到有一天，她问我："你觉得让前任后悔的方法是什么？"

我一时答不上话来，她若有所思地喃喃道："我认为答案是过得比他好，你说呢？"

我这才了然，她努力提升自己，是为了有一天，重逢于街角的咖啡店，能让他又惊又悔。

她每日在微博上晒着"小确幸"，朋友留言说"你快把日子过成诗啦"。只是她努力想引起注意的那个人啊，一直无动于衷。

她收到前任结婚的请柬，没去，在家里大哭了一场。

她终于不甘心地承认，都说分手后要让自己活得漂亮，可是你活得有多漂亮，已经不爱你的人，都不会在意的。

又过了一年，我再见到她，她还是活得精彩。这一回，她坦然地说，她要变得更好，不为任何人，只为了自己。

3

他出身于医生世家，本硕连读，后来回了家乡工作，买了房也买了车。

在街坊四邻的眼里，他是"别人家的小孩"，听爸妈的话，在父母见得到的地方做着一份体面的工作。

别人说他温润如玉，他却自嘲，性子软弱，不爱反抗。

他自小喜欢的，其实是画漫画。那时候有一个笔友，他给笔友寄的信里，每次都会附上他的漫画作品。可是做医生的爸妈觉得他那是不务正业，唯有当医生才能更好地利用家里的资源。他很听话，乖乖地选了理科，念了一所医科大学，毕业后，回到省城进父母安排的医院工作。

现在，他的父母对他唯一的念叨就是，早点娶媳妇。可是，他做不到啊。他是个同性恋，父母却盼着为他张罗一场喜宴。

因为这件事，他一直很内疚，觉得不能满足二老的期待，实在是对不住他们。

他一直活在父母的期待里，到头来却发现，别人的期待是不会有尽头的。

《无声告白》里，莉迪亚的父母盲目地把自己未完成的梦放在女儿身上，女儿莉迪亚盲目地想让父母开心，于是一味地承受和伪装，最终，这个过度承载了父母期望的女孩，走向了不归路。

书中有这样一句话，沉重而严肃："我们终此一生，就是要摆脱他人的期待，找到真正的自己。"

4

真怀念小时候，我们摘下花把指甲染红，就能美上一个下午；逗一只大狗，就能玩上一个钟头；简简单单一个跳皮筋的游戏，就能流行一整个学期。

那时候，我们多么擅长自娱自乐，不需要为了别人的眼光而活。现在啊，我们当中，有的人是为了别人羡慕的眼神而活，有的人是为了让别人后悔而活，有的人是为了别人的期待而活……

别人的眼光会变，所以活给别人看的人，往往身不由己。

总是为别人而活，太累。真想学一学怎么取悦自己。

为何你那么努力，
却看不到成绩？

1

有读者问我，她很内向，很羡慕那些社交达人，该怎么办？

我想说说我的经历。以前，我也是一个内向的人，不爱说话，喜欢独处。在"热爱集体"这件事上，我向来做得不好。高中的时候，我翘掉集体活动，班主任找我谈话，指责我是一个"没有集体荣誉感"的人。被强制参加活动，别人欢声笑语，我却总觉得融不进去。

没错，我不擅长社交，"不合群"，和别人交往会消耗我的精力。

大学里的辩论课上，其他同学用英语就时政、人权问题侃侃而谈，而轮到我当辩手时，我总会紧张得语无伦次，完全无法享受辩论的乐趣。当别人兴致勃勃地讨论时，我却呆滞地看着囊萤楼外一拨儿一拨儿进学校的游客，盼着下课铃声快点响起，结束这一堂煎熬无比的课程。

　　我口拙，不擅表达，面对一个人、一群人时，我常常不知道说什么。

　　学校里的风云人物好心劝我，"你这样不好啊""你要合群啊""你要学会说话啊"。我也想要改变。

　　于是，我看了一大堆人际沟通方面的书，《沟通力》《说服你其实很简单》等等，渴望着自己能像卡耐基笔下的人物一样，通过努力训练，从一个极度害怕开口讲话的人变成对着几千人侃侃而谈的演讲大师。

　　后来呢？抱歉，没有发生你所期盼的结果，我最终也没能成为社交明星、演讲达人。

　　那些书里的方法确实有用，经过有意识的学习后，我可以自如地发表言论了，如果继续努力训练，或许我也能"看起来"很擅长社交吧。

　　可是，我停下了。

<u>2</u>

　　因为，我发现，对演讲和社交，我算不上"擅长"。

　　勤能补拙固然可行，只是达到同样的效果，我总要比别人多付出好几倍时间。

　　一些朋友组织聚会，我不情愿去，但努力说服自己参加。我告诉自己，多参加社交活动，可以提高沟通能力、结交更多的朋友。

　　万圣节派对，我提前准备好鬼故事，精心设置好笑点，努力让在场不同国籍不同职业的人觉得我算一个有趣的人。

美食、酒精、烛光、电影，满场不知疲惫的笑声。

一场场派对下来，别人觉得玩得尽兴，我却觉得筋疲力尽。

有一天，我问自己：为什么明知自己不是外向的人，我却非要强迫自己成为社交达人呢？花在与人交际上的时间，我明明可以一个人静静地做一些自己更喜欢、更擅长的事情啊。

后来，我不再向往着要变得长袖善舞了。我总算认识到，那不是适合我的路。

我推掉那些让我觉得疲惫的聚会，花更多的时间在我喜欢的领域上，阅读、写作，这一切令我感到愉悦。

接下来，幸运接踵而至。我擅长用文字表达自己，在网上写作的短短三个月里，我就成了简书签约作者，写了几篇微博转发十万、微信阅读量百万的文章，近二十家图书公司找我写书，公众号和微博加起来有七万人关注。一切来得毫不费力。

我惊觉，同样的时间，你花在不擅长的事情上，可能只达到平庸水平；可如果你花在你擅长的事情上，你或许早就已经成为佼佼者了。

3

有个短板理论，说盛水的木桶是由许多块木板箍成的，盛水量也是由这些木板共同决定的。若其中一块木板很短，则盛水量就被短板所限制。

我觉得，这个理论让很多人受害颇深——太多的人，努力做着自己不擅长的事，空耗很多精力，换来的却只有满满的挫败感。

前不久，一个小姑娘给我留言。她说，她在奥赛训练班，日常状态就是杯子里永远不缺的咖啡，写不出题，忍不住哭出声。她花了二十分钟却做错的题，另一个女孩子五分钟就写出来了，还有一个男孩子已经自学了高中化学。别人讨论的内容，她都听不懂。真的好心疼这个小姑娘。如果不擅长也不热爱，就不要逼自己学奥赛了啊。把时间花在自己擅长和喜欢的领域，摄影、弹琴甚至动漫，或许你会活得更开心，从中获得的成就感，说不定也比如今多得多。

还有一个弟弟，明明是最痛恨数学的人，却为了父母的期望，学了据说将来从事的行业很高薪的统计专业。学得痛苦不说，更让他绝望的是，无论他怎么努力，都赶不上那些把数学当兴趣、轻轻松松考满分的大神。

别人的光明大道，或许对你而言就是死胡同一条。别总想走别人的路，你真正该走的，是适合你的路。

4

有些人或许会困惑，怎么找到适合自己的路？

我有两个建议：其一，看看平时有什么事情，是你能很轻松就做得比别人好的，或者什么事是让你乐此不疲的；其二，问问你的朋友，你的优势在哪里。

古人有言，"鹤善舞而不能耕，牛善耕而不能舞，物性然也"。

有的人之所以成功，不是因为他比你更努力，而是因为他做的是

自己擅长的事。

如果你总是把大把时间花费在怎么也做不好的事情上，那么你很可能是在吃不必要的苦，把这些努力放到你真正擅长的领域，你或许早就有所成就了。

你那么努力，却看不到成绩，很可能是因为你没选对领域。

比起短板理论来，我更相信，没必要把精力都投放在弥补短板上，其实只要你把擅长的事情做好，就已经很厉害了，那才是真正适合你的道路。

人，终其一生，是在找一条属于自己的路啊。

你是不是
也在给自己设限？

1

说起来挺"奇葩"的，因为健身的事，我去见了心理咨询师。那是一次悬挂健身系统训练，悬挂俯卧撑，我又一次撑不过十秒，就颓靡地趴倒在地，连连摆手说着"我不行""我不行"。

教练叹了口气，很真诚地对我说："唉，我觉得你这是心理上的障碍，该去看一看心理医生。"

彼时，同样在进行健身训练的小媛刚跑完步，满头大汗地过来对教练说："我不累，就多跑了两圈。"

我仰着脖子，尴尬又有些嫉妒地仰视着进步神速、耐力惊人的小媛，咬咬牙，决定去预约心理咨询。

2

在小媛没有加入之前，我的健身减肥生涯还是挺舒坦的——高强度的间歇性训练，心跳快得要蹦出来，我害怕自己会猝死，所以从来坚持不会超过20分钟；

平板支撑，最多30秒后，必定如被戳破的气球一般委顿下去；

有氧训练，跑30分钟已经感觉漫长到世界尽头，哪怕多跑一秒我都一定会垮掉的……

每当我濒临放弃的时候，教练都极力地鼓励我："你还可以坚持一下的""再撑几秒钟""你可以的"……但最终的结局还是，我痛苦地放弃，喘着气苦着脸告诉教练："我真的不行。"

尽管如此，我还是津津有味地每天发朋友圈，炫耀自己又做了什么健身训练，假装很努力的样子。

3

就是因为每天发的朋友圈，给我引来了"灾难"。朋友小媛联系我，问我请的是哪位私教，她也想健身。

我的教练小有名气，朋友圈里一堆励志学员的事例，什么24天体重降12斤脂肪降8.4斤啊云云。在看完他的朋友圈后，小媛毅然加入了健身行列。

我和小媛认识没多久。她是个挺胖的女孩子，脸上过多的脂肪已经将她的眼睛挤成一条缝。我本来以为她的加入会让我觉得压力小一些，毕竟还有人比我还胖嘛。她想要达到我现在的体形，估计都很困难。

可是，我很快发现，小媛带给我的，是全方位的碾压——教练和她接触后，告诉我，其实以前的小媛更胖。过去的大半年里，她坚持每天跑步四公里，只吃一丁点的食物，已经成功减重四十斤。可是因为她减肥方式不对，光做有氧训练不做力量训练，减掉了很多肌肉，全身剩下的几乎全是脂肪，所以才显得比她的实际体重要重。后来她给我摸过她虚胖的胳膊，软得不可思议，真像是填满了脂肪。

教练还告诉我，小媛第一次做平板支撑，十几秒后她就开始全身发抖了，但她一直咬紧牙关，凭着意志硬是撑了一分多钟。

接下来的日子，每当我说着"我不行"的时候，教练都会拿小媛来刺激我："小媛身体素质根本没你好，可是她做了多少多少组……"可是，没有用，我还是不行，我想我根本不可能做得到。

一直处在这样的比较下，我愈发好奇，她是怎么做到的？于是，我跟教练申请了小媛后面的时段，想向她好好讨教讨教。

4

我到得早，小媛正在做卷腹。这个动作，要做到"力竭"，而我一组做上十几个就宣称"力竭"了。我盯着小媛，她明明也是差不多时候就显得体力不支，可还是拼着命多坚持了十几次。

事后，我问她："你是怎么做到的？我怎么就不行呢！"她一脸无辜："我什么都没想，就做到了。"

为了掌握她的秘诀，我还特地跟小媛约一起跑步。她不喜欢在椭圆机上跑步，过去自虐式的减肥，让她养成了每天在操场跑十圈的习惯，否则她会心里不舒服。

我跟在她后面，跑到第二圈的时候就气喘吁吁地告诉她"我要不行了"。她跑在前面，精力充沛，丝毫没有放慢脚步的意思，反而告诉我："你什么都别想，一直跑一直跑，就行了。"

换作平时，我早放弃了，但那一次我特别不甘心：她比我胖，身体素质没我好，她可以做到，我为什么做不到？！

于是，我按照她说的话，放空意识，也不再数圈数，跟着她的步伐一步一步向前跑去……

完成任务的时候，我全身发烫，感觉快要被烤焦，可凉爽的夜风拂过，格外舒服。小媛笑嘻嘻地对我说："我没告诉你，其实我们多跑了一圈，总共跑了十一圈！你看，你可以的吧！"

我觉得难以置信。我本来以为，以她那种速度跑十圈，我一定会半路就心脏骤停、休克的。没想到，我居然就这么撑下来了，而且好像没想象中那么困难。

那是我第一次尝试挑战自己能力的极限。或者说，我第一次发现，我的极限远远超过我以为的范围。

5

相处时间长了，教练发现我和小媛最大的差异在于心理。小媛是那种有点一根筋的女孩，很像《阿甘正传》里的阿甘，她从来不想"我一定做不到"，教练要她做动作，她就什么也不想，按照指令去做，跟机器人似的；而我呢，每次还没尝试就跟教练说"我不行"，事实也果真如此。

有一次，教练问我："你是不是平时也很容易否定自己？"

我一下子被戳中痛点："是啊是啊，我一直很没自信。"在教练的建议下，我决定去做心理咨询。

咨询师给我讲了个我很多年前就在《读者》上看过的故事：一个跳高运动员，到达一定高度后遇上了瓶颈，觉得自己再也没法超越了，于是每次挑战新高度都以失败告终。后来，教练偷偷提高了杆的高度，却没有告诉他。教练一连提高了好几次，而跳高选手就在不知情的情况下，一连好几次刷新自己的纪录。

很多时候，限制我们的，不是能力本身，而是我们对自己的低预期，我们根本没有想过自己可以做到那么好。

在咨询师的指导下，我开始调整心态，换一种心理暗示：在想要说"我做不到"的时候，换了句话，对自己说，"我试着做做看"。

突然有一天，在训练时，教练跟我开玩笑说"心理咨询挺管用啊。要是放在以前，你早放弃了。"

我这才发现我的进步。我放下了"我一定不行""这是我的极限"的成见，不再给自己设限，用"试试看"的心态去坚持，结果一次比一次做得好。

6

我以前常有的心理状态是，虽然有着目标，并且正在为之努力，但心理上朝相反的方向暗示自己，"目标那么遥远，我肯定做不到的"。于是，我把大量的时间消耗在了心理挣扎上。如果没有那些无谓的消耗，我本可以集中更多的精力在努力本身。

想太多，太"实际"，反而绊住了前进的步伐。

我有一个身材很好的闺密，从来不吃膨化食品之类的零食。我觉得她对自己很残酷，正常人哪可能做得到啊。她告诉我，她以前也不相信有人能做到的。她有一个很崇拜的远房姐姐，有一次听姐姐说她从来不吃零食后，我闺密这才相信，原来真的有人能做到。我闺密觉得，既然姐姐可以，那她一定也可以。于是，她试着不再吃零食，不知不觉间，就坚持了四五年。

听了她的故事后，我很有感触，也开始尝试不吃零食，用水果代替，居然也坚持了下来。

很多时候，我们在心里限制住了自己。我们像那个跳高选手一样，给自己默认了一个"高度"。更高的成绩，我们之所以达不到，是因为我们不相信自己可以达到。

我们不是因为做不到而没有信心，而是因为我们没有信心，才做不到。

有句话说得好，"你嘴上说的，就是你的人生"。天天把"做不到"挂在嘴边，还没开始努力就已经否定自己，又怎么可能实现目标？

下一次，想说"做不到"的时候，试着把它换成"我试试看呗"。

或许，我们该有阿甘的傻劲儿，别去想自己的极限是多远，我们要做的，只是一直跑，一直跑，跑下去。

别错把平台
当成你的本事

衬托他人光芒只是锦上添花，并不能照亮自己前路。

聪明之人，清醒地明白，哪些是自己的能力，哪些只是自己所在的平台带来的福利。

别错把平台
当成你的本事

1

朋友圈里，有的人喜欢晒人脉，"这个网红我认识""那些大咖，我都有联系方式""我和某某吃过饭"……

究其缘由，是因为工作上的关系，结识了一些大咖。大企业的人，似乎很容易感觉自带光环。出去谈合作，别人一听你是某某公司的，必然和颜悦色地好好伺候。因为平台好，工作上结识的人脉优质，时间长了，会不自觉地滋生出几分多余的自信来，说白了，就是把平台带来的红利错当作自己的能力所致。

我学新闻传播出身，认识不少在媒体工作的姑娘，有的人跑采访，动辄采访那些创始人啊、CEO啊、副总裁啊，这些是必然要发朋友圈的，往往还带着几句类似于"收获满满"的感悟。CEO顺便请吃个饭，有姑娘坐在别人车里拍了张自拍，写在脸上的幸福骄矜，发朋友圈告知群众们"某某CEO还开车带我去吃饭呢"。

相比之下，一个前辈的低调和清醒让我十分钦佩。因为工作原因，她七年时间都在做一线作家的访谈，接洽的都是作家富豪榜榜上有名的人物，她却写下了这样一段话用以自省——

长期对话大咖带来的虚无自信心应当克制。衬托他人光芒只是锦上添花，并不能照亮自己前路。

聪明之人，清醒地明白，哪些是自己的能力，哪些只是自己所在的平台带来的福利。

你以为你认识大咖了，可是在对方心里，你不叫张三李四，你叫某某刊物的记者。一旦你离开了供职机构，你就是个面目模糊的路人而已。对他们而言，重要的不是你这个人，而是你现在所在的平台。很多时候，你春风满面、事事如意，不是因为你能力强，而是因为你所在的平台好。

作为一个写出过数十篇10万阅读量爆文的作者，我告诉你创造一篇10万阅读量爆文最简单粗暴的方法——把文章发在阅读量百万级别的大号上呗。在百万级别的大号上，你全文就写句"呵呵"也能轻松10万阅读量。

在百万级别的大号做新媒体小编，写了篇10万阅读量的文章，就觉得自己天赋异禀、实力超群了；在金融杂志做采访记者，采访了几个牛人，和大咖亲密接触了，就自我感觉好到爆棚了；在公关公司工作，手上握着一张Excel表格的网红资源，就觉得自己手握高端人脉了……

虽然比方得有点夸张，但仔细想想，身边这样的人还真不少。

2

朋友离职，忧心忡忡："唉，离了这家公司，很多我现在认识的人，恐怕根本不会搭理我了。"

在真正要离开的时候，才最清楚地看到，之前你身上的光亮，是舞台给你打的灯光，不是你自带的光芒。

也有人是欢欢喜喜离职的，手上带着大量资源，兴高采烈奔向比原来公司多开了六七千月薪的公司，结果三个月内被拿走原来公司的人脉、套出原来公司的运作模式，接下来，就价值寥寥了。

还有人从原来公司跳出来创业，这才发现，之前轻易拿到的客户，现在需要努力争取；之前无须费力维持的关系，如今需要如履薄冰地维护。

这才明白过来，原来，真正牛×的是平台，而不是你。

之前在网上看到一段短文，是讲电视剧《乔家大院》里的孙茂才，原先穷酸落魄沦为乞丐，后投奔乔家，为乔家的生意立下汗马功劳，享有"功臣"地位。孙茂才自负地以为，乔家的生意蒸蒸日上，他居功至伟。后来，他因为私欲，被赶出了乔家。孙茂才想投奔对手钱家，钱家对孙茂才说了这样一句话："不是你成就了乔家的生意，而是乔家的生意成就了你！"

很多人常常拎不清，误把平台的资源当作自己的能耐，误把平台的成功归功于自己的本事；直到离开后才明白，原来之前盲目高估了自己的实力，厉害的不是自己，而是原来的平台。

仗着大平台拿来的资源，其实没什么好炫耀的。毕竟，离开了这个平台，你还剩下的东西，才是你真正的本事啊。

为什么你
找不到高薪的工作？

1

今天，一个姑娘问我招不招人，她暑假想找份工作，磨炼自己。

我对她印象很好，热情、诚恳、善良、谦虚，而且挺努力的。不过，我这边缺负责VI设计的兼职，而她似乎对PS、AI之类的软件不算擅长。

我婉言告诉她，她显然有些失落。但她或许没意识到，她所在的时期是人生的黄金时期。她的时间完全属于自己，无须为了金钱而把时间花在产出上，可以把全部时间用来学习和输入。这是让很多上班族羡慕不已的。

我建议她趁着假期多多提高技术水平。

我跟几个不同领域的技术大神接触过，本以为他们接受过专业的训练，问过才知道，人家是自学的。

一个很擅长设计的姑娘，从中学开始就自学PS、AI了。还有一个比较传奇的工程师，初中没毕业，靠着自己对编程的兴趣和追求极致的个性，从小公司做起，一路披荆斩棘，一次次破格进入大型互联网公司，甚至拿到谷歌的录取函，现在在自己创业，也是做得风生水起。

你找不到高薪的工作，不是因为你不够有诚心、不够努力，而是因为你没有核心技能。

2

我朋友刚开始创业的时候，很天真，说要招很认可他的品牌的忠实粉丝，哪怕是零基础的小白也没关系，可以一点点学，跟着品牌一起成长。他要做一个能帮助员工成长的老板。

过了一个月，他摇着头跟我说，不招"小白"了，不招应届生了，要招有工作经验的。

"小白"什么都不会，什么都要教，你稍微严苛一点就变玻璃心，太不好用了。

除非是有管培生的大企业，在普通的公司里，上司每天有很多事情要处理，真的没有那么多时间去手把手教谁，顶多只是你交上成果了，上司指导你几次。

好的老板是应该帮助员工成长，但前提是，员工本身已经能提供一定的价值，老板指导你将价值放大。

最近在看《穷爸爸，富爸爸》，里面提到，对企业主来说，培养雇员是投入产出比比较低的。公司将你的能力培养起来后，你可能会跳槽去寻求大的平台。

吸取了教训后，我的朋友更倾向于花更多的钱，招已经具备了核心技能的人。从一步步教"你要这样做……"到只须交代做出什么效果就行，自然是省心了不少。

<u>3</u>

"我不知道自己擅长什么。"

"我不知道自己能做什么。"

"我觉得自己一无是处。"

…………

我常常听到这样的话。很多人不知道自己擅长什么，该培养什么核心技能。

就像文章开头那个姑娘，我告诉她我这边只缺视觉技术方面的兼职，她对我说："我去研究一下PS。"

我向她解释，PS只是一个举例。你要钻研的核心技能，是由你而定的。

你的核心技能，应该是你喜欢或者擅长的，起码二者占其一，两者兼得就更好了。

在我看来，很多人不是一无所长，而是他们没有意识到自己的优势在哪里。

前几天，和一个朋友吃饭，她也说不知道自己擅长什么。我和她一起分析，她最爱聊的话题是各种化妆品、护肤品，用过的各种瓶瓶罐罐也够写几篇空瓶记了。她还跟我聊起过，网友追捧的某个美妆博主分享的小知识，在日本某位大师的书里都有。

这些都说明她对这个领域的了解，已经超出了普通人的水准。所以，这就是她可以进一步挖掘的地方。

如果你不知道自己擅长什么，可以想一想自己业余时间喜欢干什么，或者跟朋友聊聊，也许就能发现你的优势。

4

我以前还有一个根深蒂固的想法，就是人不能有短板。

其实，在这个分工越发明确的社会，木桶理论在一定程度上已经过时。现在，市场更看重的，是你的长板。

我是一个内向的人，跟人交流会消耗我的能量。而以前的我为了"锻炼"自己、"挑战"自己，常常故意去做自己不擅长的事情，去参加聚会，去看大量沟通和演讲方面的书，甚至我第一次应聘，面试的是销售岗。

以前的我以为，所谓有能力，就是全能，不能容忍自己有短板。我考了不少证，但事实证明，那些听起来高大上、报名费很昂贵的五花八门的证书，并没有发挥太大的作用。

如果你考证是为了精进自己的专业水平，那么尽管考。如果你只是期盼着证书作为你就业时的筹码，那么大可不必。

在不擅长的领域几番折腾，我自然是挫败感十足。后来才慢慢想通，与其费力去弥补短板，不如将自己的优势打磨得无可替代。

我擅长写作，长期写杂志，也写企业的公关稿，如今写公众号，不需要长袖善舞，也能有不错的收入。

有人很会写PPT，百来块一页，一份报告就能收入四位数。

很人会写稿子，具备全案能力，一篇行业稿八百，业余也能赚个几千块。

有人擅长商务对接，将供需方对接起来，中介费用也很可观。

高考刚过，填志愿的时候，人人都想填经管类；毕业季一到，人人都想进投资银行、进四大国有银行，似乎进了中文系、哲学系、物理系，就与高薪无缘了。

其实，并不是只有金融业才赚钱。如果你在一个行业做精做专，做到无可替代，照样能获得不菲的收入。

与收入成正比的，是你的不可替代性。

5

如果你还是学生，时间充裕，一定要把握这些时间，发掘你的核心技能；

如果你已经工作了，那就充分利用好工作时间和业余时间，提高你的专业水平。

所有人都能做的工作，是不值钱的。你将自己的核心能力打磨得无可替代了，自然会获得更高的收入。

我想告诉你
我为什么爱钱

1

前几天，在微博热搜上看到了这样一条新闻：一位六十三岁的老母亲，因为儿子患病无钱医治，竟然跳楼自杀，想用她的死换保险公司的三十万元意外险赔偿，为儿子治病。

她永远也不会知道了，自杀是不能获得意外险赔偿的，而且那份保险去年已经过期了。

儿子在讲到他看到母亲跳下去的时候，有泪不轻弹的铮铮男儿，眼泪止不住地往下掉。

这样的悲剧，让人心痛。

2

大三了，暑期实习，身边同学都在申请北上广的实习，可以获得一纸好看的实习证明。

在省会一所"985"大学念书的她，也很想去大城市看看，可还是选择了留在本地实习。原因很简单，她负担不起北上广高昂的房租，连实习的区区三个月，她都负担不起。

她想读研究生，以她的成绩保研不在话下。只是回家的时候，爸妈哀叹，生意越来越不好做，生猪价格一直在涨，起大早卖猪肉，一天只能赚一百来块钱。

小时候，有一次妈妈病了，一闻到猪圈的味道就会吐，于是每天天还没亮，她就被爸爸叫起来帮手干活儿。别人都说她懂事，她只是在心里想，真的好困啊……而爸妈每一天都要那样辛苦、那样劳累。她的父母，一直指望着她大学毕业了可以供弟弟上大学，他们老两口劳苦了一辈子，干不动活儿了。外语专业的她，怎么会没有偷偷幻想过出国？可是因为家庭条件的限制，这些华丽美好的梦想连说出口的机会都没有，就被自己悄悄地咽下去了。

有一句话说，"当一个人的梦想超越他的家庭的时候，我们没有资格去要求父母什么"。确实如此，可是看到你这么懂事，我真的好心疼啊。

3

被查出问题来，是在一家小医院，医生很冷静地对他说："你这病治不好了。"医生面无表情，他难以置信。

因为不敢相信，他选择去大医院复诊。化验费用太高昂，成百上千。悬而未决的病情、银行卡上唰唰少掉的数字，这都是孤身一人在大城市打拼的他需要独自消化的绝望。也不知该是悲还是喜，几次化验下来，都没查出太大异常，医生又唰唰开了单子化验别的项目。拿到缴费单的那一刻，他心里是重若千钧的绝望。

又是上千块，而那时候，他已经身无分文了。他从医生那里出来，默默地找到导诊的护士，请她帮忙把化验的项目取消。护士一脸不解地问："为什么不化验了？"他抿着唇，一句话也说不出。

他心一横，哪怕有病，他也要放弃治疗了。他在手机上看到这样一句话："因为穷，所以不敢病、不敢死。"

离开了人山人海的医院，在偌大城市的地铁上，他没忍住，兀自流下了眼泪。

4

她啊，被老板炒鱿鱼之后，拿着三百块走在大马路上，舍不得坐车，一边哭一边想着晚上去哪里吃最便宜的晚餐。

她需要一天打两份工，婚后不小心怀孕，生活拮据，为了省下几百块钱，没有选择无痛人流，选择了药流。孩子怎么都下不来，医生让她在医院的楼梯上跑上跑下，最后也没有流掉，直接做了清宫。

——他啊，以前以为，钱够用就好。直到有一天，他的母亲被查出癌症，住院一天要花费一千多块。家里没有钱，他平常打工、周末兼职，想方设法地赚钱，还没筹够钱给妈妈看病，妈妈已经走了。

——她啊，小学从来没有上过早读，因为要洗衣服、要放牛，每次到学校，都是别的孩子早读结束的时候。放学后，她还要放牛、打猪草，回来后还要带弟弟妹妹，给他们洗澡。

农忙的时候，要请假回家干农活儿，因为家里只有爷爷奶奶，十几亩地的庄稼他们弄不回来就只能烂在地里，那是在割他们的肉啊。

很多人爱看流星，凌晨干农活儿的时候她经常看到，却不觉得美，只有困倦疲累。

——他的外公啊，一身病痛，没钱治疗，所以选择喝下老鼠药，结束自己的生命。喝完药后，外公呕吐起来。外婆舍不得花钱带外公去大医院洗胃，天真地以为吐了就会好起来了。

第二天的早上，外公去世了。

5

当你经济宽裕的时候，别总觉得那些贫穷的人寒酸，看不起他们爱钱如命，对他们来说，钱就是命，有钱才能活命啊。

这世上有多少爱钱的人，是因为穷怕了，他们背后，各自藏着不为人知的故事。

太多最苦最难的日子，都只是因为没有钱。

因为贫穷，就连轻如鸿毛的小病小灾，都能轻易地将一个人击垮。

为什么爱钱？因为想要有学可上，有病能看，有梦想的时候可以勇敢去追。因为不想因为贫贱而被别人小瞧，不想因为钱而离开谁、放弃什么，不想眼睁睁看着亲人因为看不起病而忍着，不想让自己的孩子小小年纪就懂事地学会雪藏梦想。

很多时候，我们就是这样真实而无奈地爱着钱啊。

别把你的眼界
当作全世界

1

炎炎盛夏，公交车迟迟不来。那个地方人烟稀少，和我一同等车的，是一个小孩子和她的奶奶。

我无事可做，听着他们的对话。小孩子十几岁，说话呛人，好几次对奶奶出言不逊，觉得自己是读过书的，而奶奶没文化，语气里满是轻蔑。

奶奶多念叨了几句，她便不耐烦地大声吼道："你烦死了！"过了十多分钟，还是不见公交车的踪影，祖孙俩开始研究公交线路图。

上一站的名字里有个"冶"字，小孙女不认识，说这个字念"治"。奶奶告诉她，是"冶"，冶金的冶。小孙女气急败坏，坚称没有"冶"这个字，她抬高嗓门，气势汹汹地压住奶奶的声音："是'治'！大禹治水的'治'！"

这件小事，对认识"冶"字的人来说或许好笑。但其实，我们中不少人都是那个小女孩，明明无知却觉得自己无所不知，把自己的眼界当作全世界。

2

生活中，常常有这样的人，做了几份工作不算如意，就觉得这世上所有老板都是傻瓜；谈了几次对象都遇见了渣男，就认为这世上没一个好男人；在困难的时候被人坑了几次，就觉得这世上人心险恶……我们很容易以为，自己所看到的就是对的，自己以为对的就一定是对的。

我昨天遇到一个会算卦象的姑娘，让我大开眼界。我以前一直认为算命就是"迷信"，但不得不承认，她算得真的准，也不得不承认，很多人都相信这些。

我的一个"直男"朋友跟我说，在遇到他的同性恋同事前，他一直不相信这世上真的有同性恋。他以前以为，所谓同性恋都是故意哗众取宠，讨女孩子们喜欢的。如今，他才意识到自己的狭隘。

人非圣贤，难免被自己的思路局限，就连名家也不例外。譬如哲学家叔本华就对女性怀有偏见，认为女性缺乏理性和智慧，"关于诚实、正直、正义感等德行比男人差"，虚伪、庸俗，不能产生"任何一项富于独创性或真正伟大的成就"。他自己是个悲观主义者，于是断言"乐观主义就是生存意志毫无根据的自我赞扬"。

池莉在《熬至滴水成珠》里写道："我们太容易把自己当作正确本身，当作正派本身，当作美德乃至真理本身。"

3

前段时间流行看《欢乐颂》，我一个主攻时间管理的朋友写了一篇《我为什么不看〈欢乐颂〉？》，从时间管理的角度来分析，与其把每天几个小时的宝贵下班时间花费在看剧这种没有长远回报的事情上，不如把更多时间投放在提高自己上。

我和那位朋友看法相似，我很珍视自己的时间，也倾向于将大部分时间花在自我投资上。在生活里，我很少玩游戏、看剧、唱歌等等。

看到这篇文章后，我觉得它简直说出了我的心声，立即转发到自己的朋友圈。

有其他朋友看到了这篇文章，在评论区提出了异议："下班时间，我就是爱看个剧娱乐一下，有什么错吗？"

我意识到，不是所有人都必须和你持有同样的看法。池莉还写道："我不看电视，可我不能否定电视，因我的父母就看。我受不了商家大放流行歌曲，可许多顾客就是被这'热闹'吸引过来的。我厌恶打麻将，我的亲朋好友大多喜欢麻将。"

每个人都有权利持有自己的观点，我们没有资格轻易否定别人的看法。

所谓的"成熟"，是兼容并蓄，是开放、多元，而非偏激地否定一切向左的意见。你可以有自己的评价体系，但千万不要以为所有人都得和你价值观一致。

把自己当作万物的尺度，将自己的眼界当作全世界，是最大的狭隘。

有些人的一辈子，
一天就过完了

1

古希腊神话里，西西弗斯触犯了众神。作为惩罚，诸神要求他把一块巨石推到非常陡的山上，而那巨石太重了，每每未上山顶就又滚下山去，前功尽弃。

于是，西西弗斯不断重复地做这个毫无意义的动作——诸神认为，再也没有比进行这种无效无望的劳动更为严厉的惩罚了。

西西弗斯的生命，只不过是机械重复的一天。

2

收到这样一条私信——

"鲸姐，刚刚看完你的《你想成为什么样的人》，很有感触。我是一名大一学生，没什么理想，也没有目标，一天浑浑噩噩地过。我不喜欢自己的专业，不喜欢上课，却也不知道自己到底喜欢什么。盲目地过了一个半学期，想想以后自己的路，不知道该怎么走。脑子空空的，就跟行尸走肉一样。"

还有这样一条私信——"我已经三十一岁了。一眨眼，人生的三分之一已经过去了，真不知道是怎么突然就到了这个岁数。年轻时没有多想，现在压力大得要死。唉，觉得好多年都没有思考过人生了。"

你身边一定也有不少这样的人，麻木茫然地生活着。他们活在一种惯性里，每一天都只是重复着前一天的生活。挫折和失败不能激起他们的斗志，经历过耻辱、悲伤、痛苦的情绪后，他们会选择性地遗忘，而不是去反思为什么会发生这一切。

长长一日，短短一生。那些从来不复盘自己生活的人，那就像每天推石上山的西西弗斯一样，把漫长的一生，过成几万个单调重复的一天。

他们的人生里，看似有明天，其实根本没有明天。

我发现，身边优秀的朋友都有复盘的习惯。一天下来，抽出一小段时间，去反思今天做了些什么、有什么经验和教训、哪里是值得改善的。

我自己也不例外。以前是用随身携带的小本子，右边记录待办事项，左边记录总结和反思。现在是用印象笔记，手机端和电脑端随时记录下待办事项和一些感想。这样一年下来，就可以很清楚地知道自己做了哪些事、取得了哪些成果、踩过哪些雷。我跟朋友开玩笑说，要是哪段时间没记下自己的日程，就说明我一定堕落了。

3

和从不反思一样可怕的是太会遗忘。这都是灵魂麻木的表现。张爱玲写她的弟弟，在饭桌上，为了一点小事，她父亲打了弟弟一个嘴巴子。张爱玲大大地一震，用饭碗挡住了脸，眼泪往下直淌。后母笑了起来道："咦，你哭什么？又不是说你！你瞧，他没哭，你倒哭了！"

张爱玲丢下碗冲到隔壁的浴室里，闩上了门，立在镜子前面，看着自己的眼泪滔滔流下来。

浴室的玻璃窗临着阳台，啪的一声，一只皮球蹦到玻璃上，又弹回去了。

原来，是她的弟弟在阳台上踢球。他已经忘了那回事了。这一类的事，他早已习以为常。

张爱玲说，她没有再哭，只感到一阵寒冷的悲哀。

鲁迅笔下的阿Q，面对失败和屈辱，也善于立刻遗忘——习惯了屈辱，习惯了苟活，靠所谓的精神胜利法来进行自我陶醉。

没有痛感地活着，真是一件令人悲哀的事。

4

很多时候，我们也会如此，善于遗忘挫折，甚至习惯了受挫。总是失败，就会习惯失败；总是懒惰，就会习惯怠惰；总是被指责，就会习惯当一个差劲儿的人……

优秀的人和普通人之间的差距就在于，优秀的人能时时保持清醒，保持对生活的痛感。

以前遇到一个妹子，小小的个子，却异常有韧性。她刚来的时候，她交的方案被领导圈圈点点地斥责了一通。看着她难过的样子，我于心不忍，发微信劝她："唉，习惯了就好。他就是这样的。不改到最后一刻，他是不会放过你的。"

她回了我一串"哈哈哈"，然后说："不行。我才不要习惯失败。"后来，她果然成了组内成绩最出色的人。知耻近乎勇。有羞耻感，是对生活保持敏锐的体现啊。

5

有一个争论点是，苦难能不能造就人。我觉得，你所经历的一切都会造就你。只有对经历过的一切产生反思并且时时铭记的人，才会从经历中成长。

如果你只是被惯性驱使着，明天克隆今天，周而复始地生活，那么你看似活了一辈子，其实只相当于活了短短一天。

罗曼·罗兰说，大部分人在二三十岁上就死去了，因为过了这个年龄，他们只是自己的影子，此后的余生则是在模仿自己中度过，日复一日，更机械，更装腔作势地重复他们有生之年的所作所为、所思所想、所爱所恨。

未经反省的人生，不值得一过。时时反省，时时清醒，才能把"明天"活出意义来。共勉。

存在感，
不一定是锋芒毕露

1

前段时间，和一个姑娘在海边散步。

我们聊了很多，关于过去，关于现状，关于未来规划。她跟我说，她觉得自己是个没什么存在感的人，担心别人会记不住她。

确实，她性格不算活泼，长相也不算惊艳，但我和她相处的第一天，就对她印象非常深刻。当时我在心里想，怎么会有这样好的姑娘啊，真是让人发自内心地喜欢。

那一天算是我入职第一天，正好赶上公司年后的第一次会议，开完会后是元宵节的聚餐。大家热热闹闹，谈笑风生，而我面对的是几十张全然陌生的面孔，多多少少有些不自在。

这位姑娘似乎看出了我的不自在，也没多言语，就一直默默照顾着我的感受，告诉我该坐在哪儿、卫生间在哪儿、给我夹菜、帮我拿餐巾纸，站在我旁边以防我尴尬……

她没有多说一句话，却让我感受到一种温柔的力量。这怎么会是没有存在感呢？在我的理解里，存在感不是锋芒毕露，而是一种让人舒适又信赖的感觉。

《红楼梦》里，凤姐刚出场，就抢尽了风头。先是"未见其人，先闻其声"，凤姐一进来，便携着黛玉的手，盛赞"天下真有这样标致的人物"。提到黛玉母亲去世了，凤姐说着便用手帕拭泪。贾母劝了一句，她又忙转悲为喜。紧接着，她携黛玉之手，问："妹妹几岁了？可也上过学？现吃什么药？在这里不要想家。"凤姐问了一连串问题，看似关怀备至。可我却觉得，这样的关心其实没几分真情，没多少温度。

"会做人"不一定是要八面玲珑舌灿莲花，而是能不声不响地关怀和照顾对方的感受。

不是只有站在聚光灯下的人才有存在感。哪怕你没有光芒加身，你的一举一动，也总有人能看到的。

2

我之前认识一个朋友，非常坚持自己的观点，别人有一丁点异见，他都要抗辩到底。确实，大家都能感觉到他的存在，只不过，是一种突兀的存在。很多时候，我们聊的只是一些不重要的小事，他却非要上纲上线，一定要让自己"赢"，让一次轻松愉快的聊天变得很疲惫。久而久之，大家也就三三两两地和他渐行渐远了。

我们和朋友聊天，只是为了打发时光，而不是想把每一次聊天变成一场艰难费力的辩论。

存在感，不是你"赢"了所有人。一段好的关系，是让彼此在相处中都感觉舒适。

还有一个朋友，很爱引人注目，对自己的"毒舌"引以为傲，观点尖锐，喜欢用刻薄的语言去讽刺她看不惯的事。

她以为自己"存在感"十足，殊不知，别人只觉得她锋芒毕露。比如，她经常说谁谁是很差，谁谁是"装×"，谁谁是"傻×"。再比如，她看到一个朋友穿了身新衣服，便当面盛赞她穿这件衣服有多美多漂亮，恨不得把对方夸上天，全场都只听得见她喧嚣的溢美之词。可是一转身，人散尽了，她便说："呵呵，她那么胖，还穿那么鲜亮的衣服，真是一点自知之明都没有。"

她在众人面前凭着花言巧语出了风头，可她这种当面嘴上抹蜜、背后插人一刀的行为，总让人觉得芒刺在背。

3

有的人，没事时喜欢在朋友圈里到处点赞，东评论一句西评论一句，比谁都有存在感。等你有事找他了，他就立刻变得很忙，让你再也找不着。

真正的朋友，平常很少联系。可一旦你遇上了难处，他会立刻回复你的消息，第一时间站出来帮你。

所谓的存在感，不是你有没有出现，而是你的出现有没有价值。

存在感，不是刷出来的，也不是说出来的。有存在感，未必是要个性锋芒毕露，甚至锋利扎人。

翩翩君子，温润如玉，真正有存在感的人，反而不会刻意去强调他的存在感，他的出现，永远都恰到好处。

我所欣赏的存在感，不是长袖善舞、巧言令色，而是对他人的真心关照；不是锋芒毕露、计较胜负，而是让人相处得舒服；不是时时刻刻聒噪不休，而是关键时刻能挺身而出。

别总急着出风头，希望你能有恰到好处的存在感。

人要逼着
自己去成长

1

昨天和朋友柚子逛街，聊到她目前的一些困扰。

柚子是一个不大善于沟通的人。工作上，她很少主动和带自己的法官沟通，每次都只是默默完成交代的任务，再无交流；进修上，她去参加讲座，她有问题想问，都已经在脑海里组织好语言了，现场人也不多，她就是没勇气开口。

柚子的困扰，让我想起一位前辈——张小姐。

张小姐是某公司的经理，四十岁不到，财务自由，玩得一手好基金，房地产买到美国去。在几百人的剧场做分享，她谈笑风生，从容自得，一副游刃有余的样子。

她对我们说："无论在何时何地，你都要想办法让别人记住你，而且最好永远忘不掉你。"

我被这句话触动到——当时，我一直在寻求提高存在感的办法。

尽管那时候我都不太敢举手，却还是强迫自己向她发问："有些人天生不善于表现自己，该怎么办呢？"

张小姐闻言，给我们讲了她的故事。

其实，她也不是天生爱表现的人，性格比较内向。在工作的前几年，她不爱出风头，一想到被众人目光聚焦的感觉，心里就七上八下，紧张不已。她很少表达自己的观点，因此存在感极低。

有一次，她和同行小柯因为业务上的关系结识了。

她和小柯提起："其实，我们一年前就一起参加过一门培训。"

小柯一脸迷茫，努力回忆了一下，还是坦诚地表示不记得了。

张小姐心里有点失落。她突然意识到，自己工作两三年来，一直在原地踏步，正是因为她从来不"逼"自己去当众表现——你从不表达观点，别人就不会知道你的看法；你从不发言提问，别人就会忽略你的存在。

没有人会注意你，没有人会赞扬你，没有人会羡慕你——没有人会注意到你。

你就这样被忘记了，即使已经工作了两三年，在大家眼里，你也不过是个可有可无的透明人。

张小姐所在的企业是一家跨国公司，时常要开远程会议。以前每次开会，她从不过多地发言。通常是总部代表讲完后，问还有什么问题不清楚，其他七个国家的代表依次提问。最后总部问，中国人有没有什么意见？

这时候，问题差不多都被其他人问完，张小姐只能说"没有没有"。

不甘心永远这样沉默下去，张小姐下定决心，逼自己改变。

她暗暗给自己定下任务——每次视频会议，一定要抢在第一个提问，哪怕只是问"刚才讲到的×××能再解释一下吗"。

从一开始的头皮发麻到后来越来越自然流畅，张小姐渐渐喜欢上了积极表达的感觉。起初，她很担心自己的提问会没水平、被别人笑话。但后来她发现，如果逼着自己提问，就会下意识地更认真地去倾听和思考，最后问出来的问题，往往是很有质量的。

因为逼着自己去表达，她在同事的眼里，逐渐从"啊，我想想，她人还不错吧"的小透明，成长为了"很有想法""很有见解"的业务骨干。

有时候，人要逼着自己去成长。

张小姐对年轻人的奉劝是，**永远选择不安定的一方。对人生方向犹豫不决的话，就往变化激烈的一方走。逼着自己离开舒适区，你才能快速成长**。

说到该选择什么样的职业，张小姐甚至开玩笑说："千万别选爸妈让你选的工作。"

譬如，她就没有听爸妈的话，在当地谋一份铁饭碗，做一成不变而毫无挑战性的工作，而是选择了进入竞争激烈的外企，逼着自己每天快速学习、边学边用，每天都在逼自己迎接挑战，每天都在突破自己、超越自己，一天天成长起来。

2

某品牌亚太区总经理董先生，也有着类似的心得。

董先生的人生转折点，发生在三十四岁那年。在此之前，他只是庞大集团的一颗小小螺丝钉，薪水勉强能供养妻子和刚刚出生的孩子。

2000年，公司想要外派总部员工开拓中东、非洲等空白市场。当时，候选人除了董先生外，还有几个和他资历相仿的同事。

包括董先生在内的几位候选人都犹豫着，外派虽然是升职加薪的跳板，可意味着要背井离乡，在陌生的国度东奔西走，还时时顶着单枪匹马开拓市场的巨大压力。

其他几个人最终选择了放弃这个机会，而董先生决定逼自己一把，把自己推出舒适区，踏上了外派之路。

当时，公司没给他一兵一卒，他只身上任，一个人拿着行李就去了阿拉伯国家。

七年外派，他飞来飞去，以至于一早上醒来会不知道自己在哪里。

他在印度做销售，办roadshow，租了三辆卡车，让使用者到卡车上体验产品，如果觉得好，他就用卡车把他们载到附近店里去买。以这样的方式，他亲自跟着卡车，跑了印度整整八十一个城市。

这七年时间里，他帮公司打开了阿联酋、伊朗、以色列、哈萨克斯坦、乌兹别克斯坦等国家的市场。

外派回国，他成为公司的亚太区总经理，为人信服。

在贫穷落后的印度，在纸醉金迷的迪拜，在各种巨大的文化差异下，他经历过艰难，忍受过孤独。面对这些他也是有过退却之心的，但他"逼迫"着自己坚持下去，继续披荆斩棘、开疆辟土。

不逼自己一把，你永远不知道你有多优秀；不逼自己一把，你永远不知道自己有多大潜能。

很多"优秀"，就是这么逼出来的。逼自己不要懒惰、不能胆怯、不准退缩，逼自己从舒适圈里走出，让自己在一场场硬战中日趋成熟。

面对人生抉择时，退一步，并不会海阔天空。你一次次退让，其实是在拱手交出对生活的选择权。你不逼迫自己，到了最后，就只能为生活所迫，被动地束手就擒。

3

我也问过自己：总是逼自己，那人活着到底是为了什么呢？

认识一个曾经胖过的姑娘，二十七岁那年，开始每天坚持跑步五公里，如愿以偿地瘦了下来。她在朋友圈里放了一张截屏，里面是她相册里存着的每一次跑步机公里数。

她配了这样一段文字："这就是我二十七岁这一年对生活的态度。"

逼自己坚持每天跑五公里，当然不容易，可是瘦下来以后，就可以穿腰身尽显的好看裙子，就可以在自拍时不用拼命找角度，就可以不经意晒晒锁骨和人鱼线……

你现在逼自己做不想做的事，是为了将来能尽情地做想做的事。

现在的你，逼着自己去成长、去变成更好的样子，把握人生的主动权，将来才不会为形势所迫，被驱使着艰难前行。我们逼迫着自己努力，是在为将来争取随时任性的权利。

有时候，人要逼着自己去成长——别偷懒、别胆怯、别退却。"进"一步，才能看到海阔天空。

做就
对了

1

"做就对了，做久了就对了。"一次参访时，主讲人L先生如是说。

L是台湾"清华大学"的学生，一面在研究所搞科研，一面在新竹一座人烟稀少的山上建立慢活餐饮"大山北月"。

所有人都说那里位置偏远，他注定会失败，而他却经营得风生水起，将一个连开车上山都需要二十分钟的荒地发展得许多文人雅士慕名来访。

我们去大山北月参访时，大巴上山不便，L先生专程开车下山接我们，一路聊得很开心。

抵达目的地后，他停好车，下车，自己推着轮椅领我们进庭院，我这才发现，他是一位身障者。刚才那辆低矮得有些奇怪的小车，是为身障驾驶者特制的。

分享会上，L先生讲大山北月的愿景：成为一家社会企业，实现自身盈利，也帮助周边的生态和乡村发展。农民们的柑橘卖不出去，大山北月便把柑橘包装成"苦尽柑来"的礼品，顺利销售一空；农民们种茶采茶收入微薄，大山北月便发展观光业，带游客去茶园体验采茶、制茶的工序，帮农民获得营收……

2

我是搞营销出身，于是在Q&A环节的提问道："你在做'苦尽柑来''体验采茶'这些项目时，是怎么评估效果会不会好的？"

L先生笑了笑，回答道，其实他们在做之前，也不知道是否会有反响，他们也做过很多不算很成功的营销项目。"苦尽柑来"的成功，很大程度上取决于吸取过往失败的教训，同时也因为之前的各个项目累积了一定的客源。

L先生真诚地说，他相信，"做就对了，做久了就对了"。

多好的一句话！一下子击中我。

谁没有过开咖啡馆、开餐厅的梦想？可是大多数人都只是想想而已——而L先生，有了想法便一丝不苟地付诸实践，即使研究所任务繁重，即使他连起居都需要他人协助。

开餐厅听起来很风光，可在起步阶段，内部装修、菜品研发、收银客服，甚至连打扫抽水马桶都要由自己来做。L先生颇具幽默感，特地用手机拍下被自己打扫得光洁如新的坐便器，播放给我们看，乐呵呵地说："辛苦，但心不苦！"

一开始时，人人都劝他放弃："山区那么偏僻，哪有客源？你身体不便，成为清大高材生就已经够励志了，又何苦再折腾自己？创业的百分之九十都失败了，还是趁早收手吧！"

对待这些好言相劝，L先生都是置之一笑，然后继续做该做的事。人人都说他是错的，可他对自己说："做就对了，做久了就对了。哪怕不对，也要做到对的一天。"

开始时，造访者都是在山里迷路，误打误撞而来。即使客人寥寥，L先生也坚持提供最好的服务，并且持续地输出大山北月的人文理念。渐渐地，开始有人慕名来访；后来，有公司租用大山北月场地策展，新人租用场地拍婚纱照、办婚礼；再后来，不少家媒体争相采访L先生，报道他和大山北月的故事……

坚持做下去的L先生，成了传奇。于是，也就有了我们一行人参访大山北月的事。

<u>3</u>

我身边的同龄人里，出类拔萃的那一小部分，或许并非天资过人，也未必身世不凡，但他们有这样的共同点——行动力极强。他们刚开始把看似不可能的梦想付诸行动时，旁观者们甚至会嘲笑他们异想天开，劝他们洗洗睡吧，可等他们真正做成了，旁观者们这才不得不服，感慨道："唉，当初要是我也……就好了！"

有句俗语特打脸："夜里千条路，白天旧营生。"谁都有梦想，可我们为梦想付诸的努力，实在是少得可怜。也不是没想过要努力的，只是经过审慎的分析，觉得梦想成真的可能性微乎其微，于是干脆搁置不干——这难道不是在为自己的懒惰找借口？殊不知，你去做了，可能99%会成功不了；可是你不做，便是100%的失败。

<u>4</u>

　　我认识的一个女生Caroline，敢想敢做，属于"很能来事儿"的那一类。就她的专业而言，本科阶段在核心期刊发表论文是很难的。很多人听说这条路很难走，连试一试的想法都没有，但Caroline没有因为"好像很难"就放弃了尝试，她拿着一门课上的实验方案去找任课老师，询问是否有进行实验和发论文的可能。那位教授事务繁忙，也并非她的导师，本没有义务帮她，但被她的认真和执着感动，对她进行了悉心指导。在教授的帮助下，Caroline花了半年时间，进行实验和写分析报告，最终由本校教授和美国教授帮她修改后发到了SSCI收录的某核心期刊上。

　　Caroline本科时所在的学校并不算出色，别人都告诉她，以她的本科学历，是申请不上美国顶尖学校的实验室的，毕竟那些实验室全球只招个位数的人啊。但是，这姑娘不信邪，极其认真地挨个投递简历和个人陈述，没想到真的有好几个实验室的教授回复了她，直接跟她商谈实习细节。

　　精诚所至，金石为开。我很相信这样一句话：如果你真心想做一件事，全世界都会来帮你。

　　可是，像Caroline这样"能来事儿"的人很少。大多数人的梦想，只是毫无成本地想想而已，或者遇到一点点困难便望而却步，即使上天有心帮你，都无能为力啊。

5

前段时间，我们在脸书上开展了个"声音天使"的公益活动，其中录制宣传片的环节，最好要找视障的小朋友进行采访。和我们合作的基金会为了保障孩子们的权益，拒绝了我们的采访请求。我们团队商量着要不要和其他基金会接洽试试，有的人摇头，我们没有资金，从一开始就合作的基金会都没答应，更别说临时找其他机构了。有的人争辩，我觉得可以试试看啊，谁来试试呢？有的人叹气，希望渺茫啊……在我们争辩不休的时候，队友Y似乎有什么事出去了。等她回来的时候，我们还在你一言我一语，她微笑着扬了扬手机，告诉我们："我联系过某某爱盲机构了，他们很欣赏我们的活动，说我们可以去找他们机构的小朋友和家长，问他们是否愿意接受采访和公布影像资料。"

队友Y是我们中最优秀的一个。仔细想想，并非因为她能力超群，而是因为她总会一声不响地做成事情。

当我们还止步于现状、设想各种可能性的时候，人家已经去做了。

每件事情都有千万种可能，纸上谈兵毫无作用，只有当你去做了，你才知道究竟会发生什么。

老人家总告诫我们，年轻人做事不要莽撞。其实，比冲动行事更可怕的，是压根不作为。

不做，就不会错，但是，一无所获。

别把时间都花在张望和权衡上。看准了，就立刻去做，哪怕撞得头破血流，起码摸索出了哪条路行不通。

"做就对了，做久了就对了。"第一次做得不对，第二次做得不对……一次一次做下去，有朝一日，会对的。

好的爱情，就是找一个能和你一起成长的人

好的爱情，不仅仅是当下彼此相爱，更是长期地同步成长。我们的节奏一致，不需要谁等谁、谁迁就谁、谁步履蹒跚地想要赶上谁。

不是没了你，我的人生就会很糟糕，而是有了你，我们的人生都会更好。

好的爱情，
就是找一个能和你一起成长的人

1

很少有初恋便能携手走进婚姻殿堂的。太多对相爱过的情侣，最后在光阴的岔路口走散。

闺密和初恋男友是初中同学，闺密是老师眼中的乖乖女，那个男生帅气聪明，性格却有些贪玩，不爱读书。后来，闺密念了当地最好的中学，男生成绩勉勉强强进了一所排名垫底的高中。再后来，闺密考进了"985"高校，所学的专业更是排名全国前三，而男生去了一所三年制的大专院校。

渐渐地，两人之间裂开了一道巨大的沟壑。我闺密的世界里，大家讨论的都是托福、GRE、GMAT；而男生的生活里，似乎一直是打不完的游戏、看不完的球赛、点不完的外卖。女生想出国读研，看看更大的世界；男生的规划是毕业回老家找个工作，早点结婚。

闺密很无力地觉得，他们越走越远了。最终，近十年的感情，还是以分手告终。

十年前，曾肩并肩站在同一片月色下的他们，如今已经走向了完全不同的世界。

有人喜欢策马赶路，有人喜欢林间漫步。有人想要战功赫赫，有人愿做闲云野鹤。不是谁对谁错，没有谁比谁更优秀，而是两个人的节奏不一样，也就没办法一起走下去了。

好的爱情，不仅仅是当下彼此相爱，更是长期地同步成长。我们的节奏一致，不需要谁等谁、谁迁就谁、谁步履蹒跚地想要赶上谁。

那个爱你的人，不会忍心要求你放弃你现在的一切，为了他去他所在的城市重新开始；不会强迫让你放下你喜欢的事业，找一份轻松安逸的工作，以便将来帮他带孩子；他不会以爱之名限制你的成长，更不会阻挡你拥抱你想要的未来。

2

有一句话说，好的爱情，是你通过一个人看到整个世界；而坏的爱情，是你为了一个人舍弃世界。

值得长久相爱的人，是那个不会阻碍你自由生长、更愿意与你一起成长的人。

同步成长的爱情，不是说你遭遇低谷了，他就离你而去。

他在你面临困难的时候，会紧紧抓住你的手。他分担你的悲伤，理解你的焦虑，努力地将你拉出情绪的泥沼。

　　一个读者前几天给我留言："鲸鱼，看了你今天的文章，我想起了前任。还记得以前恋爱时，我向他倾诉自己的烦躁情绪，他总是默默转移话题。在我最无助、最需要人安慰的时候，他也总是不在我身边。分手时，他说，他对我很失望。可是，那样会痛苦会迷茫会不安的我才是真的我啊。

　　——我只想在他面前展示最真实的自己，可他连看一眼的耐心都没有。

　　我想，如果他真的爱你，他就需要接受你最糟糕的一面。很多人提倡现代女性要依靠自己，不能依靠男人。女人要靠自己固然没错，可是稳定的情侣关系，为什么不能相互依靠呢？

　　张小娴说，最好的生活方式，就是我想依靠自己的时候就依靠自己，我喜欢依靠男人的时候就依靠男人。

　　我会背水一战，放弃别人眼中的大好前途去为英雄梦想而战斗，我不需要你帮我，可我心里还是偷偷地希望，如果我不幸失败，你会站在我身后。

　　我会积极认真努力地生活，可我也希望，当我身处低谷、困于黑暗的时候，你能告诉我："别怕，还有我。"

　　爱情需要各自独立，也需要相互依靠啊。

3

　　和男朋友恋爱之前，我和他聊过我的爱情观。我觉得，谈恋爱，就是在找一个合伙人。

你们彼此知根知底，三观相近，对未来有共同的愿景，在漫长人生里相互扶持着一起成长，共同度过艰难的时刻。你们的心，是绑定在一处的。

你开心时，我也会微笑；你悲伤时，我也在心痛。

不是没了你，我的人生就会很糟糕，而是有了你，我们的人生都会更好。

王小波写给李银河的信里说："我和你就好像两个小孩子，围着一个秘密的果酱罐，一点一点地尝它，看看里面有多少甜。"

当你遇到那个频率一致的人时，你们有时会一起变成幼稚的小孩子，好奇地偷尝着一个很甜很甜的果酱罐；有时也会同时变成勇敢的大人，一起抵御生命里风风雨雨的侵袭。所谓爱情，就是找到那个愿意和你风雨与共、携手前行的人。

愿你早日遇到那个人。

你那么痴情，
还不是只感动了自己

1

前几天，从我的朋友小信那里，听说了一个挺让人唏嘘的暗恋故事。

女孩喜欢了男孩十年，从情窦初开的中学时代就一直默默暗恋着他，偷偷关注着他的一举一动。一个女孩子最好的十年时光，满满都是这个男孩子。可是，男孩并不喜欢她。她眼睁睁看着他一个一个地换女友，他有时也会在失恋后找她倾诉一场。可他的目光，从未落在她身上过。

后来，女孩子出国了。即使远在异国，她满心装着的，还是只有他。

女孩专程回国参加同学聚会，只为了能再见到他。而男孩，居然为了躲她，故意没有去参加同学聚会。

女孩几乎心碎，找到我的朋友小信，请他帮忙问男孩，为什么躲着她。

她足足喜欢了他十年啊。

现在的她，已经到了亲戚催婚的年纪，可除了一次暗恋经历，她的感情史几乎苍白。

小信去问那个男孩，男孩子也很无奈，说："我告诉过她很多遍了，我真的不喜欢她。"

那个女孩子的感情很真挚、很浓烈、很感人，可是——也真的很傻。

痴痴地爱着一个根本不可能的人，一等就是十年。我为她感动，也为她惋惜。

想起我妈妈曾跟我讲过她的一个老同学，大才子，炽热地爱着一个很美的姑娘。后来姑娘和他分手了，他受到很大刺激，久久走不出那段感情，甚至出现了精神障碍。他精神恍惚地站上桥头，翻越栏杆，想要跳江自杀，还好被路人救下。而美人呢，从头到尾，对他不闻不问。

对不爱你的人而言，你的喜怒哀乐，都无关痛痒。

你那么痴情，到头来，只感动了自己。

2

有时候，我甚至很害怕痴情的人。

以前有一个人追求我，而我无意于他，明确地告诉对方我的心意，再陈列出我们不适合在一起的各种理由。可是对方异常执着、异常坚定，总以为每天给我打一通电话，在微信上嘘寒问暖，经常约我吃饭，做个中央空调级暖男，就能打动我。

这样苦追我的人，只让我感到不安。对方已经到了该结婚的年纪，我不想耽误他的时间，可他迟迟意识不到：不是对一个人好，就能让对方爱上你的。

你的痴心不改，在不爱你的人眼里，甚至是一种负担。

或许有人会说，你一定是没有真正爱过，才理解不了那种难以自拔的情绪。

其实，我也喜欢过一个男生——六年时间。

现在想来挺傻的，年少时时间过得飞快，六年时光倏然而逝，只是眨了眨眼，男孩就从少年变成了青年。

和那个女孩一样，我六年如一日地单恋着。活动课时间，偷偷看他打篮球；走路擦肩而过时，会故意把和身边人说话的声音扬起几度；掐好时间，只为了在上学路上和他"偶遇"……

那是怎样小心翼翼的喜欢呢？跟他通电话前，我都要准备好草稿，以免自己忘词。关注他喜欢的钢琴家，下载他喜欢的音乐当手机铃声。他打游戏，我就也玩同样的游戏，只为了和他多一点交集——我想陪陪他，哪怕在虚拟世界里。

我知道他不喜欢我，没有半点喜欢。高考前，我写了一封信向他表明心意。他特地来找我，当面说了"对不起"，也回了封信拒绝了我，理由是："你很好，我很感动，但是对不起了，我要好好学习。"

所谓的"十动然拒"，就是如此吧。

3

可是，放下一个人，哪有那么简单。

念了大学后，不在一座城市，我还是喜欢他。去旅游，我会寄明信片给他。生活已经没有了交集，写在明信片上的寄语，也大多空泛单薄，是最寻常的祝福了。

有一次，我参观了一家美术馆，展区里有一个区域，参观者可以在那里写一封永远寄不出的信。你写下的字字句句，美术馆会帮你保存在玻璃展馆内，从此再也不会有人知道。

我看见一个女孩子蜷曲在木质展台的角落里，一边写信，一边小声抽泣着。灯光昏黄，四周安静极了，只有笔沙沙作响和她隐隐约约的抽噎声。

我也蹲坐下来，写了一封信，给那个我暗恋很久的男生。

我在心里对自己说，该结束了。

我突然觉得，自己的痴情，不过是一场自我感动而已。

从那个展区出来后，我和那个哭过的女孩子聊了两句，互换了微信。分开后，我见她发了条朋友圈——"我终于要放弃你了。"

这世上不知道有多少人啊，痴心爱了一场，最后，给自己在心里画了个句号。

4

在心里慢慢放下他以后，我发现，其实自己真的没有那么喜欢他。

我所喜欢的、我所怀念的，是那个喜欢他的自己啊。

他于我而言，更多的是少女情怀的寄托。我只是需要在那样的年纪、那样的时节喜欢一个那样的男生而已。该有的情绪已经经历，也没有理由沉溺于过去，迟迟不愿离开了。

后来，我遇到了我喜欢也喜欢我的人，有机会经历了新的喜怒哀乐，一切都很好。

影响我们这一代人很深的一部剧，叫《恶作剧之吻》，女主角湘琴平凡无奇，而她用执着和痴情最终感化了男神江直树。这真的很美好，美好得不像生活。

爱情，和感动、同情从来不是一回事。不爱你的人，不会因为感动而爱上你。爱情从来不是一件精诚所至、金石为开的事。过分执着，有时候就是一种愚蠢。

年少时期的喜欢，很容易便是三年五年。可是随着年龄渐长，一年时间，对我们而言就足够宝贵了。我们不会再有大把时间去等待一个不可能的人了。

等一个不爱你的人，就像在机场等一艘船。

你明知站错了地点、等错了人，为什么迟迟不肯走出来？我很羡慕我的一个闺密，爱的时候热情奔放，被拒时哭得撕心裂肺，但她能很快地从伤痛中走出来，真心诚意地投入下一段感情。她被爱伤过许多次，却仍然全心全意地相信爱情。

很认同这样一句话："意识到对方不喜欢自己，就能快速抽离的人，也是情商高的一种。所以别说什么情难自已，苦恋一个无果的人，就是情商低。"

如果明知对方不爱你，那就潇潇洒洒地放开手，痛痛快快地和过去一刀两断吧。

只有让过去过去，才能让未来到来啊。

我假装无情，
其实是痛恨自己的深情

我所有的自负皆来自我的自卑，

所有的英雄气概都来自于我内心的软弱。

嘴里振振有词是因为心中满是怀疑，

深情是因为痛恨自己无情。

——马良《坦白书》

1

我是一个挺别扭的人，爱说反话。以前喜欢一个男生，隐约感觉对方也对我有意，我们嬉笑打闹，关系就只差捅破一层薄薄的窗户纸。对方有些迫切，用半开玩笑的口吻问我："你是不是喜欢我？"

我心中一动，表面上却蛮不在乎地说："才没有！半点也没有！"他的神色黯了黯。我心想，我才不要被你看出我喜欢你，我才不要被你看出我有多在乎你。

他不甘心，接下来的日子里继续寻根究底，我却故意矢口否认："我怎么会喜欢你？我喜欢的是那个某某啊，你看他有多优秀！"

那时候的我觉得，爱情是一场博弈，承认喜欢就输了。

我甚至跟他聊那个某某的喜好、日常，以伪造出我真的喜欢某某的假象。看着他失落的神情，我竟然窃喜，他会失落，说明他在意我。

那时候太年轻、太幼稚了，靠伤害一个人，来求证他是否真的爱我。

后来，他黯然离开了。我心里后悔莫及，表面上却强装满不在意。隔了一年，跟闺密通电话，闺密告诉我，她逛街时，看见他和别的女生在一起了。明明瞬间难过得内心翻江倒海，我却爽朗地哈哈大笑，故意转移话题，聊得不亦乐乎。挂掉电话后，我才一下子泄了气，一头栽倒在床上，心痛得快要窒息。

不记得有没有掉眼泪了，只是好后悔好后悔，如果当初不那么别扭，大方坦白地承认喜欢，是否会有不一样的结局？

深夜，发了条朋友圈——"永远不要陷入任何情绪、任何感情。自勉。"

一个前辈看到后，专门来找我谈人生，说："那还是人吗？！"我无奈地回复："正因为做不到，所以才自勉嘛。"

2

在身边朋友眼里，我是一个冷静、理智、客观、现实的人，厌恶矫情，坚强到有些冰冷。当他们知道我在写情感类文章的时候，惊讶极了："你看起来这样坚硬，怎么会写出这样柔软的文字？"

我总是用坚强掩盖脆弱——我逼自己要理智，其实是因为太重情。恋爱时，明明爱得很深很深，却假装没有陷入爱情，一副随时可以潇洒离开的样子。

我以为假装爱得不深，就不会被你看透。分手后，我伪装得冷静决绝，不留余地，其实背地里哭成傻×。

我以为假装伤得不狠，就不会输得太惨。曾被不止一个情商高的姑娘告诫，谈恋爱，心里怎么想是一回事，嘴巴一定要甜。就算你下一秒就打算翻脸，这一秒也要让他相信，你永远不会离开他。

我太笨，总是逆道而行。明明深爱，却假装薄情。明明根本不想离开，却故意淡漠地说："哦，大不了就分开。"你知道吗，我心里有满满的爱，可是说不出。我这样的别扭的人，简直需要一本翻译手册。

> 我说不在意，其实是怕我太在意。
> 我说不爱了，
> 其实是恨自己爱得太深。

> 我说我不走心，其实是不想被你看穿
> 我有多用心。

我说我要走，其实
是想被你挽留。
…………

你看，
我一直假装骄傲，
却总是爱到卑微。

我一面痴情，
一面又嘲笑着痴情的自己。

我嘴上说着我才不会考虑得长远，
心里却把时间轴拉向了很久很久以后。

我假装无情，
其实是痛恨自己的深情。

我知道你可能只是哄我开心，
可是我一字一句，听得很用心。

我说，我一定是太蠢了，才会爱上你。
但其实是，爱上你后，我才变蠢了。
你会懂吗？

别只因为他
"对你好"而恋爱

1

我的一个朋友和交往了两年多的男朋友分手了。

我叫她阿梨吧，在我心里，她就像梨花一样好看又干净，笑起来两个酒窝，看到她，连心情都会明亮起来。

阿梨"白""富""美"都占全了，名媛范儿，明明可以靠脸吃饭，偏偏还才华横溢。更可贵的是，她美得不自知，从不恃美而骄，因此人缘极好。

我们都觉得，阿梨这样的女神，就该找一个众人仰望的男神。确实，追她的男生里，不乏各方面条件极佳的。

阿梨宣布恋情的时候，我们都很惊讶。她和一个很普通的男生在一起了。那个男生其貌不扬，也不会穿搭，站在阿梨身边略显突兀，他的家境也远远不如阿梨，还没什么突出的一技之长。

大家都希望看到才子配佳人，所以知道他们的恋情后，闺密圈私下里有点惋惜。

我们问阿梨喜欢他什么，阿梨说："他对我特别特别好。"

送她回住所，一定要目送她上楼才肯走；她忘了说晚安，他一晚上都不睡；她到家后忘了告诉他，他能连续打二十几个电话。

有一回下午三四点，他心急如焚地问我知不知道阿梨去哪儿了，说她失踪了。我先是一惊，差点就联系阿梨的父母了，再仔细一问，他们才一个中午不联系。后来联络上阿梨，原来只是她关机午睡，睡过了头而已。

可以说，男生对阿梨的好，几乎到了跪舔的地步。

她发脾气，他就会哭；她说分手，他会下跪；他自己没钱吃不起饭，借钱也会带她吃大餐。当然，阿梨是后来才知道他是借钱的。

那时候，他信誓旦旦对阿梨说，永远不会伤害她。

2

他们交往了两年，阿梨向家里人公开后，这段感情遭遇了阻力。男孩子恨不得越早结婚越好，但阿梨的家里人反对得很强烈。男生也知道，两人开始不和，吵架、冷战，后来分手了。

分手后，阿梨哭了一个多月，天天哭的那种。男生不知道。

有一回，男生来她楼下找她，她没下去，结果三天后，他在朋友圈发了和别的女孩子秀恩爱的照片。他生怕阿梨不知道，还特地去和共同的朋友说，他和那个女生见过家长了要订婚了。

又过了一段时间，他打阿梨电话，语气里一副旧情难忘的样子，阿梨回得很客气冷淡。通话后，他连续发了几十条短信，从一开始的好言好语到后来的愤怒、指责甚至偏激刻薄地谩骂。第二天，他当众向别的女孩子下跪表白，那些曾经见证过他和阿梨爱情的熟人有目共睹。

从绝世好男友翻脸变成极品渣男，就在短短几个月之间。

阿梨觉得寒心，当初差一点就要为这么个男人与父母决裂，租房结婚了。

她跟我讲这些，我一方面替她惋惜，一方面又替她感到庆幸。毕竟，婚前看清一个男人，比结了婚之后才认清要好得多。

况且，从一开始，阿梨和他在一起，只是因为他对她很好，我就觉得有些危险。

爱一个人，你可以爱他很多特质，但千万别只图他对你好，因为他一旦对你不好了，你就什么都没有了。

阿梨和那个男生，从一开始就处在不对等的位置上。对那个男生而言，阿梨是女神。其实啊，你要是觉得一个人是男神或者女神，那最好还是不要跟那个人在一起。

一方仰望着另一方，即使在一起了，相处模式八成就是一方拼命地对另一方好。因为除了"对她好"，他根本没什么拿得出手的。

但是，一直单方面地卖力对一个人好，一直踮着脚爱一个人，是会累的。

而男神或女神会觉得这一切的"好"是理所应当的。你什么都不如我，对我好一点，难道不是应该的吗？

3

前几天看到这样一个观点——不要嫁给一个你觉得他"配不上"你的男人，我很赞同。

阿梨反省自己，说，虽然之前他对她好到简直感天动地，但有时候，她心里还是会觉得他"配不上"自己。

我说，她错的不是嫌弃他，而是从一开始，她就不该只因为感动，和一个各方面条件都远不如她的人在一起。

好的爱情，讲究势均力敌。你们应该是被彼此的人格特质吸引，自然而然地在一起。而不是他苦追了你很久，你觉得很感动而答应了他。

他对你再好，你再感动，也千万不要只因为感动而跟他在一起。时间长了，他可能疲惫了，你可能习惯了，你们在一起的前提就消失了。

更可怕的是，一无所有却深爱着你的人，对你好的时候倾尽所有，和你分开后，更可能不惜一切代价地伤害你。

就像阿梨的前男友，和阿梨分开后，四处抹黑阿梨。他会觉得，她和他分手，就是因为他没钱。但其实，真相是，他什么都没有，除了对她好这一点，其他真没什么可提的。

4

我一直觉得，无能的人是百分百自私的人，因为他根本没有什么东西可以付出。为了博得你的青睐，他唯一能做的，就是拼命对你好，把别人、把他自己感动得一塌糊涂。要是分手了，你可以照样优秀，他却很难再找到比你更好的人。这时候，他会满腔愤怒，企图报复。

他什么也没有，只有爱。你不要他的爱，他就会愤怒地把爱扭曲成恨，恶狠狠地刺向你。

都说谈恋爱要找"对你好"的人，但前提一定是，他和你般配登对、彼此吸引。

至于那些全身上下毫无闪光点、唯一拿得出手的就是"对你好"的人，还是"十动然拒"吧。

他爱不爱你，
你心里清楚

1

朋友跟我讲起他们单位的一个小姑娘，经常拉着人就问："你恋爱了没？我和我男朋友异地，你能不能帮我分析下……"

我心里想，这不是一段好的感情。

爱情，是两个人的事。一段好的感情，不需要别人来分析。

2

经常有姑娘在后台给我留言，让我帮她们分析感情问题。

"我男朋友总是很忙，很多时候都是我发了微信消息，过了好半天他才发一两个表情回复。他的同事明明很闲，可是只有他好像特别忙碌。给我的感觉是，他的事永远忙不完，他永远没有时间和精力去关心我。你说，他是根本不爱我，还是他太不懂得怎么关心人了？"

"鲸鱼，我和男朋友刚在一起的时候，他拿我的照片当头像，时不时在朋友圈里秀。后来慢慢地变了，他不再愿意拿我的照片当头像了，对我也越来越不耐烦。我让他陪我看电影，他却宁可待在宿舍里打游戏。他是不爱我了吗？"

"他似乎对我有意思，经常半夜找我聊天，还经常说一些挑逗的话，让我心旌摇曳。但是，我听朋友说，他跟别的女生也暧昧不清。我问他，他是不是喜欢我。他说，'你觉得是就是'。我是不是遇到渣男了？"

我觉得啊，当你觉得自己遇到渣男了，那你八成就真遇到渣男了。当你怀疑对方是不是不爱你了，那他估计就真不爱你了。

你要知道，他爱不爱你，你是感觉得到的。

3

你跟他说你渴了，他递过来的，是拧开瓶盖的水；

你说你需要纸巾了，他递过来的，是打开铺好的面纸；

路上扬起灰尘，他的第一反应，是帮你捂住嘴；

你跟他约了八点半通话，他特意调好闹钟，就为了跟你聊天；

山路颠簸，你趴在他身上睡着，醒来发现他一直用手挡住皮带，因为怕腰带硌到你；

你因为小事跟他拌嘴，不讲理地挂了他的电话，过了一会儿你还生着他的气呢，收到他的短信："记得按时擦药……"

4

喜欢一个人，就像纸里包着火，是藏不住的。

对一份感情，你若迟迟无法确定，八成是他不走心；你若起疑心，往往是真的已经不对劲儿。

他若真的爱你，你一蹙眉一眨眼他都看在眼里，你说过的每句话他都装在心里，他忍不住想牵你、抱你、亲你，他见不得你受半点委屈。

他若不爱你，你再怎么流泪哭泣，他都不会在意。

爱你的人，就算再忙也不会忘了联系你，就算再累也不会忍心看你自言自语发满屏信息，就算再抽不开身也不会每回都让你坐半天高铁去他的城市……

5

他爱不爱你，你分明看得最清晰，又何必去找别人分析？

我有一个挺直接的朋友，他说，倘若有人问"他爱不爱我"，他统一回复"不爱"；如果有人问要不要分手，他一律劝分。

为什么？因为你问别人他爱不爱你时，其实心里已经觉得他不爱你了；你问别人要不要分手时，其实心里已经动念要分了。

爱情是两个人之间的事，你向别人提供的细节，都来自你的筛选，所以别人得出的结论，归根结底就是你内心的推测。你找闺密聊、向朋友问，得到的答案，其实是你自己内心的想法。

你东问西问，只不过是想找几个人来帮你佐证。

其实，他爱不爱你，又何必问别人？

最清楚的，是你自己。

你死不放手的
样子真丑

1

姑娘小桃分手后，心情颓废，无心工作，时不时在朋友圈发一些悲春伤秋的感悟："心痛到无法呼吸。""我们曾相爱，想到就心酸。""我放下尊严，放下了个性，放下了固执，都是因为放不下你……"

发一发朋友圈，也就算了，大家绕过不赞就好了。偏偏小桃还拉住各种朋友倾诉衷肠："我们曾经怎么样，他说过哪些话，而如今……"她把恋爱时的全部细节公之于众，甚至连床笫之事都拿来说。讲到激愤之时，她亮出被自己割出几道伤痕的手腕，表示自己已经抑郁到自残了。

她不厌其烦地向每一个人交代这一切，展示着那几道不深不浅却足够丑陋的伤口，拉着别人和她一起审判前男友是个渣男。

她深情而哀怨，俨然一副弃妇模样，若是文采好些，说不定能写下一段："于嗟女兮，无与士耽！士之耽兮，犹可说也。女之耽兮，不可说也。"

有人觉得她可怜，也有人觉得她可悲。

失恋了，难过和悲伤都是正常的，但不意味着要把这一切公之于众，绑架别人和你一起对前任进行道德审判，号召全世界来参观你那面目狰狞的伤口。

毕竟，有人会心疼你，有人只会避之不及。姑娘，爱情不是你的一切，就算失恋了，也别把自己搞得太难堪。

你化妆时那么美，为什么要在大庭广众下把妆哭花，让路人过客看你的笑话？

2

小杏分手后，对前男友恋恋不舍。我问她，他是有多好吗？

小杏连连摇头，说他大男子主义，直男癌晚期，从来不照顾她的感受。可是，小杏还是不舍得放手。小杏打电话给他他不接，她拿别人的手机打，对方一听到是小杏的声音，立刻挂断电话。即使如此，小杏还是不顾尊严地努力挽回。

我不理解，小杏扭扭捏捏地告诉我，因为初夜已经给了他，割舍不下。

因为初夜给了他，所以即使每天哭哭闹闹，也不愿放他一个人逍遥。

姑娘，你的初夜没有给任何人，你的初夜，给的是自己。

情到浓时，行云雨之事，再自然不过。这不是一笔交易，你不必觉得"亏损"了什么。如果你把一切当作"伺候""服务"，可不就是把自己低看成了对方的玩物？

3

小荷姑娘更委屈了，哭过闹过哀求过，还是被前任甩了。一年时间，她一厢情愿等他回头，前男友已经恋爱又分手了，小荷仍然在苦苦守候。

后来，有一天，前男友或许是寂寞了，发了条短信，要跟她开房。

小荷傻乎乎的，居然真的赴约，以为陪睡一夜就能挽回前男友的心。结果，前男友跟她一夜风流后，再也没搭理过她。

姑娘，不要企图用肉体去拴住一个男人的心。你用身体能拴住的，只有匍匐在原始欲望上的雄性生物而已。

4

失恋了，你可以伤心难过，但千万别作践自己，别总是痛哭流涕，动不动呼天抢地，毫无原则地低到尘埃里，让自己显得廉价和低级。

他都说他心里有了别人，你还指望什么扭转乾坤？你以为你卑躬屈膝就能再续前情，其实在他眼里你那只是纠缠不清你以为你一再迁就就会有以后，其实在他眼里你苦苦挽留的样子特丑。

他爱你时，眼泪才是管用的；他不爱你了，没完没了的哭哭啼啼只会让他更加厌弃。别动不动就低到尘埃里，爱一个人可以，但别爱他爱到失去自己。

姑娘，你可以没了爱情，但不能没有尊严。

他不爱你了，你就趁早放手，放手了就别再频频回头。你明知无法挽留却还迟迟不肯放手的样子，真的很丑。

分手
见人品

1

有一句话说，要看一个男人婚后对你的态度，就看他现在对服务员的态度。我觉得还有一句话也应该成立：看他将来对你如何，就看他现在对前女友的评价如何。

2

小佳分手后，一直生活在恐惧和痛苦之中。

一次夜谈，她跟我说，她前男友和她分手后，经常发短信恶语攻击她，四处说她的坏话，宣传她不是处女，甚至造谣说她是有了新欢才和他分手的。两家人同住一个小区，小佳一直提心吊胆，害怕那些不堪的话传入她爸妈耳中。

其实，哪里是她劈腿啊，是那个男生徒有其表，却毫无上进心，整天沉迷于游戏，对女朋友，他的眼里只有开房，连开房之前陪女朋友逛街他都没有耐心。

小佳痛下决心和男生分了手，没想到他居然使尽一切手段报复她，导致小佳一度对感情很失望，丧失了再恋爱的信心，甚至觉得她活着都是一种错误……

我另一个朋友分手了，提到她的前男友，她立刻满腹苦水，出语便是诋毁，说他相貌猥琐、人品极差，把所有责任都推给男方。而男方分手后，缄口不提，别人告诉他那些不堪的话，他也没有多说什么。

大家都在一个朋友圈里，对一个人的人品心里是有数的，没有多少人会只听一面之词。况且，又是什么样的人能在分手后把长相正常的前男友诋毁成"相貌猥琐"呢？

3

分手，不意味着非要推翻过去的一切、完全否定曾经爱过的人。分手后逢人便吐槽前任，有人会信你，也有人会觉得你低级。

我一直觉得，说前任有多么不堪，其实就是在诋毁当年的自己。

他有多渣，当年的你就有多瞎。确实有人会因为爱情蒙蔽了双眼，可是拼命宣传前任多差劲儿，把一场恋爱搞成一出闹剧，其实你也就变得和渣男渣女半斤八两了。

其实，刚分手的时候，为情所伤，谁心里没点报复的念头一闪而过？

　　但是，念在你们也曾经历过美好的分上，不要把别人、把自己搞得太不堪。要知道，你现在弃之如敝屣的，都是你曾经深爱的一切啊。

4

　　有人说，我说你坏话是因为我还在乎你。爱而不得，只能用恨的方式发泄不满。

　　抱歉，没人需要这样的"在乎"。一个把爱全部发酵成恶意和谩骂的人，根本配不上爱情。

　　我问过我男朋友关于他前女友的事。他说，他没有删好友，但已经完全放下了过去的感情。

　　他跟我讲了他的想法，人的情感账户是有限的，你把它用在了恨上，就没有那么多的爱了。

　　"我之所以能百分百爱你，是因为我不会浪费感情去恨一个人。"

　　我也曾分手过，真心错付，咬牙切齿地把曾经的信件全部撕掉，打电话给朋友，一句话都说不出，情绪无法遏制，撕心裂肺地大哭。

　　我不甘心，为什么满腔真心换来的却是淡漠无情。

　　这些委屈，除了跟闺密倾诉过，再也没向外人宣传过。我信奉一句话："君子交绝，不出恶言。"

　　一开始时，提到他的名字，我的心都会真实地隐隐作痛。过了一年，再提到他，已经无感了。自我消化了一切负面情绪后，我终于释怀。

爱的反面不是恨，是忘记。

曾经相爱，何必伤害。走出一段感情最好的方法，不是试图报复，而是慢慢遗忘。直到有一天你释然地觉得，他的人生，已经与你无关。

5

认识一对情侣，女生学了十余年舞蹈，气质极佳，往那儿一站就足足女神范儿；男孩子是国外常春藤名校毕业，英俊有才。

他们交往了一年多，后来不知道什么原因，两人分手了。平时很少发动态的他，在朋友圈里写了一段话，大意是，感谢这段感情，谢谢她给他带来的成长。

后来没过多久，他和别的女生公开了恋情，还一起出去旅游。我私下问女神，是不是因为他劈腿了才分手的。

女神摇头："不是他不好。经历了这段感情，我们都成长了。我们只是最后没有在一起，但不意味着这不是一段好的感情。"

她这一番话，深深震撼了我。不是"分手"了就不是好的感情。如果一段感情能让双方都变得更加成熟，就是好的感情啊。

有一句话说，何必用青春帮别人调教老公，还这么认真。对这种观点，我不敢苟同。**相爱一回，不是谁"调教"了谁，爱情是一场相互驯服。**

相爱的时候，你们一起经历过幸福的时光，相互砥砺走出难挨的日子，你们在磨合中更加懂得异性，从"自私"到渐渐学会照顾对方的感受……你们在一段感情中共同经历了美好，在彼此驯服的过程中变得更加成熟，那么，这段感情，即使最终以分手结局，也很值得。

分手后，将过去的美好记忆封存，不要扭曲它们，更不要用恨意毁掉它们。尊重你曾经爱过的人，就是尊重曾经的你。

今天看《爱你就像爱生命》，里面有一封王小波和李银河分手后的书信。王小波写道："我爱你爱到不自私的地步，就像一个人手里一只鸽子飞走了，他从心里祝福那鸽子的飞翔。"

好的爱情里，我们都是自由的人。我们因为相爱走到了一起，即使有一天不爱了，分开了，也希望能少一点仇恨，多一些祝福。在心里对对方说一句："感谢你能来，也不遗憾你离开。"

愿你一辈子
有人哄、有人疼

1

昨天微信群里被撤回消息刷屏——

"撤回了一条消息并亲了你一口"

"撤回了一条消息并扔了一只狗"

"撤回了一条消息并说不想聊了拜拜"……

我觉得很神奇，发了一张截图问男朋友这是什么情况。

半小时后，他连续给我发了好几条消息并撤回，于是我收到一长串"撤回了一条消息并亲了你一下""撤回了一条消息并亲了你一下""撤回了一条消息并亲了你一下"……

我惊讶，奚落他："你真会撩妹！你很无聊啊！"

他很委屈："我笨，研究了好久，才发出来。"

我这才知道，他居然花了半小时去研究怎么"撤回消息并亲你一下"。我觉得他很傻气，却又偷偷有点小心动。

2

我一直戏称我男朋友是撩妹高手，他总爱机智地抖一些段子撩我，记得是什么时候牵手的，记得我给微博粉丝回过什么话，记得好多好多我完全遗忘的小细节，而且时时刻刻有办法让我心动。

恋爱后，我才解锁了在微信聊天页面发"想你了"会掉星星的技能。有一次通话，我对他说："想你了，想你了，想你了。可惜，咱们不是微信聊天，没有掉星星。"

他撩我："我的心里已经掉星星了啊。"

以前常常听人说，要小心花言巧语的男人，他这样哄你，也会这样哄别人。他的每一句"好想你"，说不定都是群发。

即使如此，我还是喜欢他的甜言蜜语啊。一个男人愿意花时间哄你，还不是因为他把你放在心上吗？

闺密大学时谈的男朋友，也很舍得花时间哄她。

他们异地，几星期见一次。他为了给她个惊喜，早上五点起床，那会儿宿舍有门禁，他便翻墙出去，赶高铁，风尘仆仆，在十点多赶到闺密所在的城市，在她宿舍楼下等她。闺密不知道他要来，睡到了十二点多才醒。他在楼下等了两个多小时。

闺密把这事当作笑谈，我却分明看见她脸上洋溢着的幸福。

3

有一个姑娘，给我留言，讲她的前男友——

"他各方面条件都比我好，中意他的人不在少数。他和我交往了。可是，我喜欢他，远比他喜欢我多得多。这场恋爱谈得很累。

"每次我都是发了好多条消息，他却爱回不回；他半夜睡不着想找我聊天时，我都得陪他到很晚；我心情低落时问他"在吗"，他却常常不理不睬；他喜欢的球队球星，我恶补了好久，才能和他无障碍交流；为了哄他陪我出门，甚至得全程我来埋单……

"不对等的爱情，没法长久。不堪忍受他的冷淡，我选择了和他分手。他毫发无伤，我却难过得溃不成军。我真的，好喜欢好喜欢他。

"分手后，他很快谈了新的女朋友，是我们系的系花，很漂亮。我眼睁睁看着系花在朋友圈晒他们的日常，这才知道，他原来也可以那么殷勤、那么体贴、那么无微不至。

"真是应了那句话，**我以为他生性冷淡，直到他对别人嘘寒问暖。**"

4

男朋友撩你、哄你，说明他把你装在心里。不爱你的人，根本懒得哄你开心。你试探着说你吃药时看了一则新闻，可是呢，他不在乎你有没有吃药，也不关心你看了什么新闻。

别人都说爱说甜言蜜语的男人不可靠，我却觉得，愿意花时间哄你的男人，才是真的爱你。

前段时间和一个姐姐约饭，聊起她现在的老公。他们第一次见面时，他是她的面试官。后来，她成了他手下的实习生。

他知道她喜欢喝酸奶，又怕追她被别人看出来，就给整个组里的所有实习生都买了酸奶。组里的实习生们都不知情，一致称赞"这个老师好好哟"。

那个姐姐还在文章里写过，她老公看到搞笑的微博时，每次都会分享给她逗她开心。每天早上上班前，她都会发现她包里有他偷偷塞进去的一个水果和一小瓶养乐多。

爱情，哪里需要试探、哪里需要开口去问啊？真正爱你的人，是会千方百计、变着法儿哄你开心的。

5

《小王子》里，小狐狸对小王子说："正是你花费在玫瑰上的时间，才使得你的玫瑰珍贵无比。"

珍惜那个肯花时间哄你开心的人——你是玫瑰，他就是你的小王子。

愿你一辈子有人哄，有人疼。有人笨拙地研究好久撤回消息，就是为了亲你一下。

你不用喜欢异地恋，
你喜欢我就好了呀

1

昨天我闺密和她男朋友来厦门旅游，我陪逛，发了条朋友圈："跟闺密和闺密的男朋友逛街，真是谜之尴尬。"

晚情姐问我："你没带自己的男朋友？"

我回了个哭脸："异地。"

我曾对他说："亲爱的，我不喜欢异地恋。"

他对我说："你不用喜欢异地恋，你喜欢我就好了呀。"

一开始，我觉着这是文字游戏，后来才慢慢明白这句话的意思。

2

有一次和一个读者在微信上聊天，她说她在国外读研，现在在纠结要不要继续读博，她的男朋友在国内一家互联网公司做工程师。她一旦继续读博，可能又要异地恋好几年了。她不想耽误爱情，也不想放弃科研。

我完全理解她的为难。

我想，没多少人会喜欢异地恋的。有人说，异地恋就是养了个手机宠物。这比喻还真的挺形象。平日交流都是通过微信和电话，看消息听不到语气，听语音看不到表情，比起随时就能亲亲抱抱的情侣们来，真是太辛酸了。

我一向不看好异地恋的。

之前也见过有人在家乡谈着一个女朋友，在现在住的地方谈着另一个。

还有一个女性朋友，跟男朋友异地。她管得很严，时不时来个突击检查，本以为不会有问题，结果有一次通话，男朋友说他一个人在家，电话那头却传来了女生的声音。不知道那个女生是不是故意的。

作为前异地恋强烈反对者，我当初从没有想过会和现在的男朋友在一起。

之前拒绝别人，理由是，我下半年就离开这里了，我不喜欢异地恋，所以，对不起。

也因为异地恋分手过。

但如今想来，"异地"不过是拒绝的借口而已。因为异地而分手，其实在异地恋前心里就很清楚早晚要分开。

跟现在的男朋友在一起，是因为我爱上了他这个人，和异地无关。

3

异地恋也不是没有修成正果的。

我曾经见证过一对异地恋情侣的婚礼。现场很让人动容，荧幕上投影出了他们异地这些年来攒下的火车票、飞机票，铺开够填满整个房间的地板。

我的哥哥在结婚前也和女朋友异地了七八年。

这可真是考验真爱啊。

之前，我跟朋友抱怨，异地真不容易，大半个月才能见一次，还要双方努力拼凑时间。

我朋友说，异国更难，别说见面了，他跟女朋友视频聊天，视频都能卡死半天。

珍惜那个异地还愿意跟你在一起的人吧，如果他跟你谈恋爱只是为了开房，哪能坚持得下来？

4

异地恋，我们在磨合中学会了很多。

首先，一定要保护我们相处的时间。

我和男朋友都属于全年无休型，所以每次见面，双方都需要提前安排好时间，相见的时间很短暂，因此两个人都要分外珍惜。

上次和他在杭州见面时，同一时间，我的一个朋友想带我去见一些老师，谈谈合作的事情。我很心动，本来准备和他说一说，能不能让我抽空去见一见那些老师。

我男朋友坚决反对。

一开始，我会觉得他不近人情，不重视我的工作。但换位思考，我们两人好不容易才腾出时间出来旅游，如果是他要见合作方，我也一定会不高兴的。

而他做得比我好，把所有事情都安排得妥当，特意空出时间来陪我。

第二点，信任。

异地最考验的就是彼此是否信任。

我身边花花草草，你身边莺莺燕燕，如果没有对对方的信任，彼此猜疑，感情就很容易崩溃。

我一开始也会胡乱起疑心，但慢慢地，我能感受到并且确信，他爱且只爱我。

他如果爱你，即使身处异地，心也在你这里。他如果不爱你了，哪怕你天天盯着他不让他搞外遇，他都能跟游戏里认识的姑娘在一起。

当然，信任是需要基础的，他可以把手机密码告诉你，把行程安排告诉你，把你介绍给他的家人……

第三点，不折腾。

爱情，真的经不起折腾。异地恋，尤其伤不起。

我也会常常闹出点矛盾来，用彼此伤害来感觉到彼此相爱。后来我发现，这样太累了。

有一次，男朋友发了朋友圈，却没回我微信，结果我赌气了一晚上。跟他吵完一架，我迷迷糊糊地睡着了。他却一宿没睡着。第二天，他要面对的，又是高强度的工作。这让我很心疼。

如果爱一个人，在他忙的时候就少"作"吧。撒娇可以，但不分场合地撒娇就是花样作死了。

对于异地恋，我也是个学习者。我在这场恋爱中学到的，一定是能帮我在爱情上变得更成熟的。

5

异地有异地的难处，可是如果真的相爱，两人都会想办法去克服。

以前听说一个有点木讷的男性朋友会在同一时间和异地恋的女朋友看同一场电影，会定时给她"投食"，会把他在琴房弹钢琴的样子录成视频发给女朋友，还会突然出现在她的家门口。

我当时知道这些，感觉这个男生好可爱。

我始终觉得，那些因为一时的异地而分开的情侣，即使不异地，也不会长久。

是你不爱了，这锅，"异地恋"不背。

我有个闺密的爸爸是军官，很少回家，她妈妈反而不会觉得苦恼。这位乐天派的妈妈跟女儿开玩笑，长期同一屋檐下，反而会丧失激情啊。就像杜蕾斯的文案，老夫老妻，做爱像左手拉右手……想想都可怕。

<u>6</u>

异地恋能坚持下来的，一定能相爱很久吧。

"我拒绝身边所有人的青睐，只为了你一个不确定的未来。"

虽然长期来看，我还是不喜欢异地恋，但是异地恋是一种考验，连异地恋你们都坚持下来了，还有什么难关度过不了呢？

写给正在异地恋的你们，也写给我们，共勉。

你活得光鲜亮丽，父母却在低声下气

你活得青春无敌、你过得光鲜亮丽，却看不见你身后默默供养着你的父母，为了让你过上更好的生活，还在向这个世界低声下气。

你活得光鲜亮丽，
父母却在低声下气

1

前段时间，和朋友聊天，他陪一个弟弟在北海道旅行。我问他玩得是不是很开心。他告诉我，他和这个弟弟不是一路人，所以旅途并不是很愉快。

他细细跟我讲到，这个弟弟缠着爸妈要去日本玩，他妈不放心，便邀请我朋友跟着这个弟弟过去。他的弟弟，家境不算富裕，刚上大学，也没有能力自己赚钱，却有着挥金如土的本事。

就拿一件小事来讲吧，日本物价很贵，一片哈密瓜要三十元人民币左右。

朋友问我："你能够认同自己还不能挣钱，家里也不是很有钱，眼都不眨只是因为口渴了，不肯买水却一口气吃了三片哈密瓜的小孩吗？"

这孩子，让我想到一句印象很深刻的话："父母尚在苟且，你却在炫耀诗和远方。"

2

身边这样的人，挺多的。

我另外一个朋友，家庭条件很一般，却把日子过得很"高级"。

她嫌单位盒饭难吃，每天中午出去下馆子，下午还必订一杯十几块钱的奶茶外送。和她一起出去逛街，她总会拉着我吃人气很高、价格也很昂贵的餐厅。和她旅游，她对景区里各式物价虚高的食物和纪念品，向来都是潇洒地买买买，花钱如流水。臭豆腐不算好吃，她尝了一块，吐出来，嫌恶地皱皱眉，扔了。

我都不敢劝她花钱别太大手大脚，每次试图奉劝她，她都不服气地乜斜着眼，搬出她的两句名言，理直气壮地开腔。

第一句，"女孩子，要富养"；第二句："出来玩，就一定要开心，别太在乎钱。"似乎我要是劝她适当地节约，倒显得我太抠门了。

我本以为她必定家境殷实，直到有一次去她家里。她住在城郊的民房里，老旧潮湿，又窄又小，从一楼上二楼，要从一段很陡峭的楼梯爬上去。

她的奶奶穿着她高中时的校服外套，坐在家里拣菜。她问奶奶怎么不去打牌，老人家说道："这两天输了几十块钱，今天不高兴去了。"

我借用他们家卫生间，奶奶不忘嘱咐我，要用桶里盛的洗过拖把的水冲，别按按钮，水一冲哗啦啦的，浪费钱。

正是这样节俭的老人把自己靠卖菜一块一块攒来的积蓄，尽数交给孙女，任由孙女挥霍。中午和她爸爸妈妈一起吃饭，她爸表态，不指望她赚钱养家，她赚的那点工资，给她自己吃穿用度就好了。

后来，那位朋友约我假期一起去旅游，向我提起冬天上下班很冷，她准备买车，家里人也同意给她买。听到这些，我都只能笑笑，不知道该回应些什么。

3

有句笑话这样说："我视金钱如粪土，爸妈视我如化粪池。"我们这一代，不少人如此。

前段时间网上讨论孩子究竟该穷养还是富养，提倡富养的人问："男孩要穷养？你孩子跟你多大仇啊？"

我也想问问那些拿着父母的血汗钱挥霍无度的子女："孩子要富养？你爸妈欠你多少钱啊？"

我认识一个男生，他从上大学后到工作前的所有花销，都是向父母打了欠条的，偶尔出行旅游花的钱，也是靠自己兼职打工赚来的。工作后，他就从每个月的工资里抽部分钱一笔笔地偿还父母。

孩子成年后，父母已经没有了抚养义务，压根不必探讨穷养、富养的话题。可现实情况是，不少人结了婚，还让爸妈背负房贷。

4

如果你和我一样，出身于平凡的家庭，那么你应该很清楚，父母挣来的每一分钱，都很不容易。

当父母在烈日炎炎下满头大汗地从事体力劳作时，当父母在小小格子间里腰酸背痛地从事脑力劳动时，你一顿大餐就消费掉他们一天的薪水，真的不会有一丝丝愧疚吗？

当父母被领导大呼小叫的时候，当父母被客户呼来喝去的时候，你却在呼朋引伴、潇洒度日，真的不会于心不忍吗？

当你用iPhone、iPad、Mac把自己全副武装的时候，父母却连买个十块钱100兆的流量包都要思忖好久，最后还没舍得买；

当你穿着一身说得出名字的品牌，一双鞋就要几千块的时候，父母却在穿着被你淘汰的旧鞋，他们不懂你说的品牌，你还笑他们落伍；

当你觉得你的知识、素养、视野都远超父母，因此嫌弃父母"没见过世面"的时候，有没有想过，其实，正是父母托举着你到更高的地方，你才有机会看到了更大的世界？

5

你活得青春无敌、你过得光鲜亮丽，却看不见你身后默默供养着你的父母，为了让你过上更好的生活，还在向这个世界低声下气。

别在缺钱的时候才想起父母，他们不是ATM机，他们胸膛有温度，他们心跳里有感情。父母爱我们，爱得不容易。

嫌弃着彼此，
也深爱着彼此

1

十八岁前，我曾咬牙切齿地在心中立誓，我不要成为我妈那样的人。

她善良而软弱，优柔寡断，不懂还击，被伤害时只会默默擦拭眼泪，忍气吞声，满腔受害者心态，像祥林嫂一样碎碎念，觉得所有人都负了她，全世界都欠了她。

我受够了。我不止一次告诉自己，一定不要做一个软弱的人。

她是一个信命的人，她觉得自己命不好。她在二十几年前去算命，算命先生送给她一句话，预判了她的一生："心比天高，命比纸薄。"

她笃信不疑。而我不信命。我甚至是个抵抗命运的人。我执拗，我心气高，我和所谓的命运抗争，我不信别人的一句预料可以决定我的一生。

2

不过，她的命确实不好。她出身穷苦。

高中时的体育课上，老师要穿白球鞋，全班只有她买不起白球鞋，穿着破布鞋，深深低着头，丢脸得恨不得打个地洞钻进去。和她同路的姑娘，每天上学路上吃一个苹果，她只能看着眼馋。在她的世界里，只有几分钱的青菜汤，苹果那种奢侈品，是要全家人分着吃的。

她成绩优异，考上了大学，她爸已经买好了火车票，但因为听了别人两句劝——"女孩子，读那么多书有什么用"，最终把火车票退了。她乖乖地服从了家长的安排，没能读大学。

她去当学徒雕刻石头。石料冰冷坚硬，寒冬腊月里，她被冻得满手是疮。住的地方是大通铺，她去得晚，女孩子们把离男生最近的位置剩给了她。中间只隔了一层布，无耻之徒半夜伸手就能碰到她。

她嫁得也坎坷。原先已经订婚，突然有一天，订婚对象对她说："对不起，我有更爱的人。"悔婚，离她而去。大龄，被悔婚，岌岌可危。雪上加霜的是，她的哥哥要结婚，家里要装修，没地方给她住了。匆匆相亲后，她就嫁出去了。

结婚前，她和我爸在菜市场遇见，因为太不熟，连招呼都没敢打。

婚后，她发现自己遇上了一个心狠的婆婆。她刚生下我，就不得不一手抱着我一手拿铲子烧菜。所有困难，都得她一个人挨过去，受过的委屈，一言难尽。

婚姻也不算幸福。我爸是个好人，却不是一个有上进心的男人，愚孝，心地善良但脾气极其暴躁，不会说甜言蜜语，常常大吼大叫后摔门而去。

我常在心里对自己说，将来我宁可不结婚，也不要组建这样不幸福的家庭。

跟我交朋友，有两个禁忌，一个是不要跟我谈钱；另一个是，不要跟我谈家庭。我不想提及，不愿意提及。

小时候，我甚至劝我妈离婚，不是我意气用事，只是觉得大家在一起不开心，就分开算了，何必彼此折磨？我妈说不离婚是为了我好，我不信，糟糕的婚姻只会给孩子造成更大的伤害。

她总是那么擅长忍耐，可是这世上，很多事情，是不应该忍耐和顺从的。

面对不顺意的事情，你从不反抗，只是顺从和妥协，你把它叫作"命运"。可我觉得，这不是命运，这是你自己的选择，是你选择了认命。

3

我会痛恨于她的懦弱，也会感动于她的坚强。

多年前的一个夜晚，电话铃声毫无征兆地响起，她接电话，得知我爸出车祸。全家的重担，一下子压在了她的身上。她跑医院、跑交警支队、跑劳动局，心力交瘁，一下子瘦掉十几斤。

我爸的病情堪忧，医生皱着眉说，不动手术，可能再也站不起来了，动手术，只有50%的成功率。她花大量的时间在网上搜索北京、上海有什么大医院和名医可以转院治疗。突如其来的灾难，她就这么默默承担下来。为人妻，为人母，她都可以说得上优秀。她总是比我更擅长承受。

我高考的时候，第一门考得极差，语文作文走题，当晚哭得几乎崩溃。我说，我好不甘心，寒窗十年，竟然在最后关头出了这么严重的失误。我不能想象再复读一年是怎样痛苦的体验。

我妈搂着我，安慰我，说最差就是读个"二本"而已，也没什么大不了的。

不，那在我眼里是根本无法接受的。我生性要强，无法接受失败，无法接受不尽如人意的结果。

我很强硬，也很脆弱。她很柔软，却有着一种韧性。

我意识到，违抗命运需要勇气，而接受命运也需要勇气。

或许，没有孰对孰错，只是各有各的选择，我们都要为自己的选择负责。

4

和我不熟的朋友会觉得我看起来很温柔，但其实，我骄傲、倔强、横冲直撞，甚至离经叛道。而我妈，却是最中规中矩的传统女性。我们经常无法达成共识。

我妈希望我找一份体面的工作，过上领着五险一金的生活，安逸而保险。而我却不愿意整天坐在格子间里，被上司指派着完成我没什么兴趣的工作，像机械的算盘一样，拨一下动一下。我想做自由职业者。

我妈问："做自由职业者是做什么？"

我说："写文章，四处走走。反正饿不死。"

我没想好未来。我规划不了十年后，我也不想过着一眼能望到十年后的生活。

我妈说："别不务正业。"

我妈觉得写文章是不务正业，做公众号是不务正业。

在她眼里，所谓正业，是老老实实做一个领五险一金的职员，安全无虞地度过一生。而于我而言，我受够了循规蹈矩，我就是不想去做别人眼里很不错而我没几分兴趣的事，在最好的年纪里，让父母放心，让自己死心。

我和我妈，这么多年来，在大大小小的事上，总是很难相互理解。

可是，爱是一件无解的事。

我在台湾的时候，让她帮我在家附近的书报亭买一本样刊。她只是轻描淡写地告诉我买到了。后来我才知道，她在附近的几家书报亭没买到那本杂志，于是，她为了买那一本样刊，走了一两个小时，问了好多个书报亭才买到。

我的文章被别的大号转发，她都会收藏起来，还转发到朋友圈，很骄傲地宣告："这是我女儿写的。我女儿是'入江之鲸'。"

有人把我的文章录成音频，她便每天晚上听着别人读我的文章睡觉。

她和我爸都不玩微博，当知道我在一个叫"微博"的软件上有几万人关注后，她专门下载了一个微博，拿我的小名注册了一个账号，连头像都没设置，只关注了我一个人。这还是我回家见到她，和她聊天后才知道。后来有一天我看微博粉丝的互动指数排名，她和我爸，两个没有头像的人，排在第一和第二。

这个嫌弃我不务正业的人，同时也在别扭地以自己的方式支持着我的事业。

爱不等同于理解。爱未必是能百分百理解，但一定是百分百盼着你好。

无论你是以她认为对的方式生活，还是以她认为错的方式生活，她都希望你能活得比她好。

5

我写这篇文章，不是要标榜母爱有多伟大。

我只是觉得，我妈和我是一样的人，不完美，有性格的弱点，也有她令人动容和让我感恩的一面。她也曾是少女，她也和我一样爱过错的人，她也有着自己的伤痕、遗憾和秘密……

我妈和我又是不一样的人。我倔强，她柔软；我不信命，她深信命运。这世上没有一模一样的人，也没有人能完全理解另一个人，朝夕相处，不可能毫无摩擦。我们有过不和，有过大大小小的争吵，但还是会在气消了以后，心无芥蒂地相互拥抱。

写到这里，突然想起，每次我回家，她总一边嫌弃我长胖了，一边又给我准备各种美食，一个劲儿地往我碗里夹菜，哄着我这个多吃点那个多吃点。

这像是对我们关系的一种隐喻：她嫌弃着你，也深爱着你。

6

对了，我妈还算过一次命，那人对她说："你命运坎坷，但是老了会苦尽甘来。还有就是你的女儿，将来会很有出息，会是你的骄傲。"

我不信命，但这一次，我打心底里希望它会是准的。

致我最平凡
最伟大的爸爸

1

昨天皮肤过敏，去打针开药。我爸带我过去，病历摆在他面前，他愣了愣，抬头，有点不好意思地对我说："还是你来填吧，我看不见了。"

我有点诧异。

很久不回家，这才知道，原来我爸已经视力衰退，看不清病历上的字了。

我仔细打量他，皮肤黝黑，皱纹更深，眼眶也凹了下去。一瞬间，我发现，他老了。

2

很少跟人提及家庭，更少跟人提起爸爸。

或许是爸妈对我太好，从小我就念很好的学校，身边同学的父母不少非富即贵。

初中同学拍着胸脯，自豪地说："我最骄傲的，不是我爸爸多有钱，而是我爸遗传给我的优秀、勤勉、自律的品质。"

高中同学谈及一个喜欢的男生，扬扬得意："啊，我喜欢的那个男生，他爸爸官挺大的，不过是我爸的下属。"

大学同学发烧了，她爸远在另一个省，直接调了辆军用车开进学校来，接她去医院。

跟别人家的爸爸比起来，我的爸爸太平凡了。我几乎从未跟人提起过爸爸的职业。

你可以说这是脆弱的自尊心，可以说这是虚荣和不坦诚。而于我而言，这就像看到别的小女孩抱着的都是芭比娃娃，而拿着破布娃娃的那个女孩会忍不住低下头一样，几乎是一种本能。

我的爸爸是一名保安。所以，我总是最先知道我们市的最低工资标准。最低工资标准涨了，我爸的工资就涨了。

未曾在社会底层摸爬滚打过的人，对一些心酸和无奈是无法感同身受的。

物业公司和甲方中断了合约，百来名保洁、保安全部一夜被解雇，物业公司拒付补偿金。工人罢工闹事，物业公司高层决定杀鸡儆猴，对带头闹事的人一阵拳打脚踢。

有保安是高层的亲戚，不想上夜班，所以排班制度是，其他员工各连上一整个月的夜班。

这类的事情比比皆是。

我出身卑微，经历过一次次咬牙、握拳、瞪红眼眶，却终究无能为力。所以我憎恨贫穷、仇视贫穷、厌恶贫穷。

写下这段文字的时候，我愈发觉得，写作就像一场自我解剖，用锃亮而锐利的刀锋剖开自己的心，袒露一切羞于当面提及的事情。这过程是痛楚的，却异常清醒。

我是个有野心的人，所以我会痛苦。而我爸是个没什么抱负的人，习惯了这一切，每天乐呵呵地过日子，遭遇欺侮也是回头便忘记了。在我看来，这就是阿Q精神。而长期贫穷和窘迫的人，或许是需要些阿Q精神吧。

他酒精过敏，所以不喝酒，嗜好抽烟，即使有害健康，他也从未想要戒掉。他不是有毅力的人，我妈唠叨了几十年，如今也渐渐放弃劝他了。好在，他从不在家里抽。

他打牌，瘾很大，即使刚上完通宵的夜班，不惜危害身体，白日里也非要坚持打牌。

我并不是好说话的人，曾经夺过他的电话，痛骂了棋牌室的人一顿。我爸跟对方解释一番，又坐到了牌桌旁，跷着腿摸起了麻将。

我无奈，痛恨，厌恶。

我远在厦门，偶尔打电话给他，他在牌桌上，会不耐烦地挂掉我电话。

我爸还有点愚孝。在他眼里，媳妇可以再娶，妈妈只有一个，所以无论他妈妈多么咄咄逼人，他都偏袒他妈妈。他动不动就大呼小叫，暴跳如雷。

有时候，我真的挺恨我爸的。

我妈跟我说，女儿是父亲上辈子的情人。

我不留情面地说，我才不要这样的情人。

谁都不想要一个脾气差又没什么赚钱能力的情人，或者父亲。

3

我对他的感情，很矛盾。

有时候，他又是个很好很好的爸爸。

小时候，他常常带我去图书馆，虽然离家很远，但他每周末都会带我去，乐此不疲。四下寂静，手指滑过一本本书脊的感觉，是我十几岁时最美好的记忆。

他最爱的频道是CCTV 10，《探索发现》《文明密码》《我爱发明》都是他喜欢的节目。他对世界有着很多好奇，虽然一辈子没做出什么成绩，但到底不是无趣乏味的人。

他厨艺很好，并且以研究菜色为乐趣。出门在外，最想念的就是他做的菜。很想家的时候，我吃遍了附近餐厅甚至便利店里所有的炒饭，都没有一种能比得上我爸做的扬州炒饭。

他对我很有耐心，江苏的冬天没暖气，很冷。他怕我手拿着沾着水的苹果太冷，便把苹果切成一片一片的，放进盘子里插上牙签后再端给我。

我常常觉得，他是个生活家。

虽然家里并不富裕，但他对我很大方，吃穿用，都尽最大可能给我最好的。往往花钱的是他，舍不得的是我。

每次填问卷时，父亲的学历也会成为我犹豫半天的选项。我挺不愿意承认他是初中毕业。他没什么文化，自知提不出什么指导性的建议，所以从不干涉我的决定。

出门在外，打电话给我妈时，总会聊上一两个小时。但每次我妈把电话交给我爸，我就只听他在电话那头傻呵呵地笑，我能想象到他笑得露出大门牙的样子，憨厚又傻气。

跟他通话，往往讲不了几分钟就要挂电话了。

4

虽然聊得不多，但他一直偷偷关心着我。

我这几天过敏，他这个月要连上一个月的夜班，半夜还不忘发微信问我擦药了没有。

我开通了公众号后，他每天都要等着看我的推送，有时候会打赏，给得很少，三块五块八块。他不会用微信，这些钱还是我妈发给他的红包。

他也不会玩微博。虽然手机内存很小，他还是下载了个微博，只关注了我一个人，连头像怎么设置都不懂。

每次安装删除手机软件，他都要等我回来让我帮他弄。

他前几年用收音机，内存卡里的歌都是我给他下载的。手机上寥寥几首歌，也是我给他下载的。

这些年来，我愈发感觉到，我依赖着爸妈，他们也慢慢开始依赖我，相依为命的感觉。

5

这些年来，我一直在想，什么样的爸爸才是"好爸爸"？

事业有成，博学多闻，经济富裕，富有爱心，以身作则，有时间陪孩子……

标准太多样了。

我也曾心中有怨，为什么没能出生在书香门第，从小在良好的家庭氛围熏染下长大？为什么没能投胎在富贾之家，锦衣玉食，无忧无虑，永远也不必与贫困和落魄为伍？

后来渐渐想通了：你想要什么，就自己去争取吧。

我们没有理由去指望父母，甚至埋怨父母。父母又要埋怨谁呢？他们的父母吗？

每个人的三观各不一样，不必强求父母和你我有着同样的野心和抱负。

父母给予我们生命和意识，就已经是最大的恩赐。不同的父母，物质财富、社会地位虽然各有高低，但爱我们的那颗心是一样的。除了这些，你我没有资格要求更多了。

你想要知识，就自己去学。你想要钱，就自己去赚。你想要地位，就自己往上爬。你不安于现状，就去改变现状。你觉得父母给予你的太少，就努力去给予你的子女更多。

永远不要把自己的欲壑难填归结成上辈的无能。

我想要逃离底层，那就自己去创造富裕的物质生活。现在，我希望我能赚更多的钱，有一天，可以让我爸妈不要做着又苦又累、薪水又微薄的工作了。

一路走来，我都算同龄人里幸运的那一拨——"985"高校的文凭，全院第一的绩点，现在则是比同辈高出几倍的薪水。父母不能提供给我更多，我所获得的一切，皆是靠我的努力去争取。

没有外挂的人生，也有靠自己打怪升级的乐趣。

别人常说，你好优秀，你好有追求。

其实，我没有很大很大的梦想，我的梦想很小很小，就是成为我爸妈的骄傲。

从小到大，都是这样。

我们拼命变好，
是因为心里住着不想辜负的人

1

我在的一个微信瘦身交流群里，姑娘们分享决心健身减肥的初衷。

不少人说起自己减肥成功前后，周围人的态度反差有多大。一个姑娘，从一百四十斤瘦到如今的两位数，有感而发，很诚恳地写了很长的一段话：

"是的，你胖或瘦，真正爱你的人是不会介意的。

"但是，我瘦了，全世界都说他有眼光，可谁也不知道，在我胖的时候，大家都说他眼瞎。他从来没给过我压力让我减肥，只有一次我因为胖生病了，他才提过一句。

"我瘦了之后，很多人问我会不会抛弃他。我说，我们是真爱，不会。我瘦了，再看到以前对我爱理不理，现在反倒凑上来献殷勤的，都会觉得很虚伪。

"我胖是我，我瘦也是我。

"我拼命减肥，不是为了迎合那些人肤浅的审美，而是为了遇见更美好的自己，也是给他一个美好的自己。"

2

你有没有过很努力、很努力，只是因为不想辜负一个人的期待？

一个读者和我分享了她的故事。她一直记得，小时候，外公对她说，你要好好学习，不要像外公这样没读过什么书，什么也不懂，外公还盼着你以后给外公买吃的呢。外公跟她说这话时，没注意手上的刀，左手手掌被刀割伤了。

她后来很用心很用心地学习，只为了不辜负当初外公的一句话。

3

在很遥远的初中时代，语文老师让我们写周记，内容不限。那时候的我，过得并不好，挣扎、痛苦、难过、绝望，经历着青春期所有糟糕的情绪。有一周，我在周记里记下了自己混乱的心绪，洋洋洒洒好多页。现在看来，一切早已无足轻重，但当时的我，深陷于那些负面情绪，无法自拔。

第二周，周记本发下来。我本以为老师会不屑于我的胡言乱语，没想到，她用红笔写下批注："你是一个对生活很较劲儿的、认真的女孩。"

除了我之外，再也没有谁会记得这件事。而我至今还保留着这本周记本。

我告诉自己，我要一直做一个对生活很较真的女孩，在心里向老师证明，她当年没有看走眼。

4

另一个读者的故事中，她学生时代暗恋过一个很优秀很优秀的男孩子。男孩成绩很好，一直鼓励她在学业上要努力，把自己整理的笔记借给她看，甚至还在电话里耐心地给她讲题。

他是她遥不可及的梦，因为想要离他近一点点，她很用功很用功，几乎到了悬梁刺股的地步。所有的付出，在想到他的那一瞬间都变得有意义起来。

后来，他们还是没有在一起。

再也不会有期待餐厅偶遇时的东张西望，再也不会有回眸看到熟悉背影时的欢欣雀跃。其实，她一开始就明白，他注定是她生命里不可能存在的人。可是，她从来没有后悔喜欢过他，甚至感激自己因为喜欢他而努力变优秀的日子。

她说："没有他，我不会变成今天的我。"

5

社会学领域，有一个贴标签的理论。当你被别人贴上"坏孩子"的标签时，你就更可能变成坏孩子。

感谢曾经看好我们的人，父母、前辈、朋友、恋人，抑或是仅仅出于客套的陌生人……因为被期待，我们肩负起一种使命感，想让自己变得像对方所说的一样好。

我不会为了他人的眼光活着，可是在你眼中，我找到了更好的自己。

我的努力是为了自己，但如果没有你，我可能做不到这么努力。

谢谢你。

为什么你伤害你爱的人，
却对讨厌的人装出笑脸？

为什么我们伤害着所爱的人，却对讨厌的人装出笑脸？

因为，我们只敢伤害肯原谅自己的人啊。

1

一个读者在公众号上留言，说她跟母亲已经到了水火不容的地步。

她说："我越来越无法跟自己的妈妈沟通了，世界观不同，价值观不同，我做的说的她永远有理由挑剔，总觉得她不像我妈，反而像是我命里的克星。每次跟她吵起来，我都会觉得特别委屈，总觉得为什么她是我妈，是怀胎十月生我的那个女人？"

我跟她有类似的经历。

十八岁时，我无数次咬牙切齿地在心里起誓："将来，我一定不要成为我妈那样的女人！"

在旁人眼里，我是个温柔懂事的姑娘，从来没跟谁恶语相向过。可是，每次假期回家，一年也吵不了一次架的我，就开始跟我妈龃龉不断，几乎每天都要因意见不合而争执。

比如，我妈非要我吃早餐，哪怕我十一点起床，她也坚持要我先吃完早餐再吃午餐；比如，我习惯晚睡，可我妈非过几分钟就来我卧室催我一遍，非要催到我熄灯睡觉为止；比如，我看书看得正专注，不想被打扰，我妈却非要隔一段时间就打断我，让我休息一下……

二十几年来，我和我妈为这些小问题起码争吵过无数次。我反击她的方式，往往是尖锐的语言："你能不能不要总是干涉我？""别烦了好不好！""用不着你管我！"……

有一次争执，我对我妈说："我们之间有代沟，谈不到一块儿去！"我知道我妈伤心了，可我懒得理会。在我眼里，她就是个玻璃心，我随便说两句态度不好的话，她都会悲春伤秋起来。

第二天，我看到她的QQ签名改成了两个字："代沟。"

我一方面觉得她幼稚好笑，一方面又忍不住深深内疚起来。

不知道为什么，我在讨厌的人面前，那么擅于逢场作戏，被暗算后却强颜欢笑着说"没关系"，被激怒后却忍着怒意说"对不起"；

但在最亲近的人面前，我又那么擅于口出恶言，把话语变作锋刃，准确地刺痛他们。

2

语言的发明，本是为了促进沟通，而我们却拿它来伤害彼此。

三言两语，又能伤到谁的心呢？

你讨厌的人，全副武装，根本不会因你的话而伤心难过；

只有你爱的人，对你裸露着赤诚真心，才会轻易被你话中的刺扎得痛彻心扉。

我有一个闺密，说话直，一跟男朋友吵架就口不择言。她男朋友一直忍让包容，直到最后一次吵架，男生忍无可忍，两人分手。

后来，男生给她写了封很长的邮件，附件里是他们所有美好记忆的照片。邮件里，男友感激她曾经的好，也把她说过的伤人的话都写了出来。他说，这些话，让他被深深地伤到。

我闺密错愕不已，她甚至忘了自己曾说过那么多刻薄的话！没想到，它们像刺一样，一根一根扎进了对方的心中，难以忘怀。

我们以为，吵完了过段时间，和好如初了，那些锋利的言语，就烟消云散了。其实，那一根根尖锐的刺，即使拔出来了，伤痕却一直都在。下一次争吵时，新伤加上旧疾，痛上加痛。

3

吵架，会让一个人丧失理智。有时候，我们心里明明知道是自己错了，却还是拼命为自己找理由，嘴硬地和对方争论到底。

有一个姑娘告诉我，她和男友在一起三年，男友送给她整整三十七份礼物，从棉拖鞋、暖宝宝到项链、手机。但每次吵架她都会说："你没有送过玫瑰花，在一起三年也只看过一场电影，我觉得很憋屈！"连她自己都觉得，她实在是身在福中不知福。

争吵时，我们竭尽所能扎伤彼此，急于用言语"赢"对方，却不知已经输了感情。

有一次，那位姑娘看了她男友朋友圈的私密照片，里面有一些和她吵架时的感慨。具体内容她已经记不清，但她很难想象，究竟多大的委屈、多深的伤害，才能让一个男人被她气到哭？

后来，她不作了，开始学着理解和包容。能有这样的转变，我真为她感到高兴。

4

其实，我们对所爱之人的伤害，是七伤拳，伤人，也伤己。

一个读者跟我说，他前不久因为一些琐事，说了一些让父亲很伤心的话。

父亲抱着调侃的意思和他聊天，两人却因为节俭的观念争执起来。他劝父亲，干吗那么节俭，该花就花。父亲开始讲道理，这些话他早已听烦，于是随口说了一句："看你节俭了一辈子，又弄出了什么？"

听到这句话，父亲又愤怒又失望，说了几句后就挂掉了电话。他这才后悔莫及。

他说："父母为了我，吃了多少苦，我都记在心里。我只是不希望他们再那么节俭，多享受一下。毕竟我已经参加工作了，也可以减轻一点负担。"

你看，我们明明是好意，为什么说出口时却成了恶声恶气？恶劣的态度，尖锐的言辞，不屑的表情……我们无意间刺向所爱之人的匕首，最终却狠狠插进了我们自己的心脏。对方有多难过，我们就有多内疚。

5

我闺密和她妈妈的感情亲如姐妹，我曾向她取经："你跟你妈妈是怎么做到如此合拍的？"

我闺密说："其实，我和我妈有很多不合的地方。生活在同一屋檐下，怎么可能没有摩擦？你觉得有些人跟你观念太一致了，毫无矛盾，百分百契合，那是因为你们相处得不够久，因为你没跟他长期生活过。"

闺密还告诉我她的诀窍："如果是小事情，就顺着她，毕竟妈妈年纪大了，有一些小事跟甜咸豆花哪个好吃似的，不必计较。况且，你妈妈劝你早睡早起吃早餐，更是为了你的身体好。如果真是重要的事情，我就先不急着争辩，我一般会过三天以后再想这个问题。隔了三天还值得一提的问题，才是真正的分歧。那时候，彼此都心平气和了，正好可以坐下来谈谈。人无完人，妈妈有自己的局限，但她生我养我，已经给了我她认为最好的东西，我不能够再要求更多。"

我太佩服她的情商，发泄情绪是本能，控制情绪才是本事。

我们习惯性地在亲近的人身上宣泄情绪，这是病，得治！

6

一个读者留言说，昨天妈妈过生日，她给妈妈发短信说爱她。每次一谈到感情都忍不住流泪，她平时经常和妈妈吵架，但她其实是深深爱着妈妈的。

妈妈回复她短信，说让她原谅妈妈不懂疼爱她。

看到这条短信，她的眼泪瞬间就流了下来。她说："这世上，再也没有妈妈那样全心全意对我好的人了。"

看到她这番话，我心里好难过好难过。我和妈妈，又何尝不是这样？

为什么，我们明明彼此相爱，却总在相互伤害？

为什么，我们对所爱之人面目狰狞，却对讨厌的人装出笑脸？

我想，是因为伤害爱我们的人代价最小。

我们仗着对方爱我们、在意我们，会原谅我们，才敢轻易地伤透对方的心——这是恃爱行凶啊。我们想用柔软的心对待全世界，为什么不先用温柔的话招待亲近的人呢？

下次恃爱行凶之前，请三思——因为只有深爱我们的人，才会被深深伤害呀。

家庭，
对一个人影响有多大？

1

我有一个闺密，谈了个男朋友，但她的妈妈很不喜欢那个男生，因为男孩子的父母在他小时候离婚了。

我闺密的妈妈对她说，单亲家庭的孩子小时候缺乏双亲的关爱，性格上很可能会有缺陷。

从小到大，我们对不少事物有着刻板印象：天是蓝的，苹果是红的，老师是高尚的，父母是高尚的，家庭是温暖的，单亲家庭的孩子是阴郁的，家庭健全的孩子才是阳光开朗的。

真实情况，未必如此。

确实，有一部分父母离异的孩子，因为从小缺失了父母的爱，产生了一些性格缺陷。

A的父母在他很小的时候离婚，他和母亲过，生活很艰难。他的母亲压力大时，会把很多不满和对他父亲的恨转嫁到他头上。整个童年，他的世界一直是灰暗的。来自母亲的辱骂、毒打，来自同学的嘲笑、奚落，对他来说是家常便饭。

这样的成长环境，导致他内向、自卑、敏感、缺乏自信、没有安全感。进入职场，他更是对自己充满了深深的怀疑。

2

但是，双亲家庭出身的孩子，就一定不会受伤害吗？

一段死掉的婚姻，其实比离婚更可怕。

我有一个朋友小雨，她跟我说，她妈妈总说是为了孩子才不离婚的，可小雨却觉得，她的童年，过得还不如单亲家庭好。

小雨从小在硝烟纷飞的家庭环境下长大。

她小时候，爸爸会经常毫无原因地打她，用擀面杖、用皮带，以至于她一听到爸爸的脚步声就很害怕。

小雨的爸爸还酗酒成性，工作上不顺利，醉酒回来，对妻子就是一顿拳打脚踢。小雨眼见着妈妈被狠狠地摔在地上，身子被踢打得蜷缩成一团。

有一次，她直接冲进厨房拿出菜刀，跟父亲对峙。

还有一次，她从卫生间拎出一桶水，哗的一声泼在父亲身上。而妈妈，积怨太深，整天吵吵吵，骂骂骂。从她口中说出的很多话，非常让人绝望。

她回忆起这些过往时，气得几乎发抖。小雨跟我说，她考大学唯一的目的，就是离开这个家庭。在这样的环境下长大，小雨恐惧亲密，恐惧婚姻，她坚定地认为自己以后不会结婚。在她眼里，婚姻是痛苦的。她还怕自己教育不好孩子，影响一个孩子，一个家庭甚至三代人。

小雨的担心不是杞人忧天，真的有不少人会下意识地复制家长的老路，不自觉地做出和父母一样的行为——甚至是自己原本讨厌的行为。

一个读者给我留言，她以前没觉得父母对她们影响有多大。但前段时间，她发现姐姐训孩子和她妈妈说她爸爸时的语气非常像。

有时候同样的事，她也会用同样的语气和措辞。这让她感到很害怕。为了不受影响，她住在了单位宿舍里。一旦意识到，就拼命地自我对话，反复提醒自己一定不要再做类似的事。

3

有人开玩笑说，心理医生是世上最简单的职业，无论什么样的心理问题，只要归结于童年就行了。童年的经历，确实会对一个人造成终生的影响。很多人，还活在童年的阴影里，迟迟没有走出来。

家庭，不一定是温暖的，家庭或许是很多人无法言说的爱和痛。它曾带给我们温暖，也或多或少给过我们伤害。

提到父母，总想到"伟大"这样的形容词。其实没有谁是伟大的，每个人都或多或少地有自己的缺点，包括我们的父母。

我们却很难接受自己的父母会犯错的事实。

父母结婚不一定是因为相爱，或许是因为到了该结婚的年龄了；

父母对教育孩子毫无经验，或许也在不自觉地模仿着他们原生家庭中的角色；有的父母可能对孩子使用暴力、冷暴力，有的父母会争吵打架、会出轨……

有句话说，幸福的家庭都是相似的，不幸的家庭各有各的不幸。其实，大多数家庭都是各有各的烦恼。落在一个人一生中的雪，没有旁人能全部看见。

我们降临到这个世界，没有办法决定自己生在什么样的家庭、拥有什么样的父母、父母的关系如何。

但是，我们也没必要一味地自怜，以此为借口让自己沉沦。要知道，父母和我们是不同的、独立的个体。我们可以站在旁观者的角度，去审视我们的原生家庭，去觉察家庭对自己造成的影响。我们可能经历了一个不算美好的童年，它造成了我们如今性格上的一些缺陷，但这并不意味着我们注定会糟糕一生。

一个成熟的人，应该学会与不完善的自我斗争。

即使童年的经历造成了我们性格上的缺陷，但我们还是可以不断修正自己，哪怕需要花费比别人更多的时间。

同样是经历单亲，有的人因为父母关系的破碎，从此患上亲密关系恐惧症，恐惧婚姻，把婚姻当作吞噬一切的可怕旋涡；而有的人，则会更加珍视家庭，更重视家庭的和谐，不让孩子重走自己当年的老路。

我身边也有不少经历过单亲的朋友，性格阳光开朗，珍视和朋友、恋人的感情，可以说都是很优秀的人。

所以说，单亲不是性格缺陷的源泉，真正关键的是，你是怎么经历单亲的。

成年以后，我们该学会对自己负责，清理过去，拥抱未来。我们该积极地改变自己，而不是因为活在过去而慢慢改写了未来。

家庭对一个人的影响固然存在，但是，你会成为什么样的人，说到底，只有你自己说了算。

你还相信
"读书改变命运"吗?

<u>1</u>

一个读者留言对我说,他很迷茫,不知道读书还有什么用。

他出身于农村,父亲是农民工,母亲在工厂上班。他自己在一所一本院校读大学,目前临近毕业。毕业季真是一个很尴尬的时刻。你发现,身边的同学,家境好的入职自家公司,甚至开始环球旅行;而家境普通的同学,则不得不面临严峻的就业形势,实习时拿一两千的工资,正式入职后工资也才小几千,跟大城市几万块一平方米的房价比起来,简直杯水车薪。

他说:"我不知道上大学的意义在哪里,感觉浪费了四年时间,到头来,可能连自己都养不活。读书那么多年,我像寄生虫一样,花着父母的血汗钱。感觉自己特别对不起父母,我一直是他们的骄傲,可是他们不知道,他们的骄傲在这个世界上,什么都算不上。"

他还说:"在我们村里,上大学是一件荣耀的事情。我刚收到大学录取通知书的时候，以为毕业后前途会一片光明。没想到，临近毕业，前景竟然这样惨淡。都说上大学能改变命运，其实，大多数人再怎么努力，却还是只能过着普通的人生。"

此刻的他，像是站在雾茫茫的十字路口，什么都看不清，迷茫无助。

2

他的留言，让我想到前几天玫瑰和我讲的故事。

我的朋友玫瑰，是个深圳"白富美"，家住海滨别墅，本人还是个健身界网红。她可以回家里公司上班，也可以靠自己创业赚钱。她这种人，是压根不需要靠读书"改变命运"的。

大四实习的时候，她去广西的山区支教了三个月。那段艰苦的经历，给她带来极大的冲击和震撼。玫瑰到山里的第一天，已经是晚上八点以后，没班车了。那天下着暴雨，而那个小破站台连篷都没有。玫瑰不得已，只能淋着大雨搭着黑摩托去学校。

一路上，她忍不住地想，这么荒芜的地方，如果这时候司机拐卖了她，或者发生别的什么危险，恐怕她就算是死掉，也没人会知道吧。

在那个小山区里，没有Wi-Fi，洗碗不用洗洁精，直接用白开水冲一冲就算洗过了，洗澡连水龙头都没有，得用河里的水，拿刷牙的杯子往头上倒着冲澡。

玫瑰去的学校，英语老师口音很重，发音根本不堪入耳。大多数孩子都是留守儿童，不听话、打架甚至吸毒。学校不要求成绩，也很少有人在意学习。玫瑰问过他们有多少人想读高中，全班三十个人，只有三个人举手。

闭塞的地方，迷信权威的现象也格外严重。有一次，校长要实习老师们去陪上面来的领导聊天，美名其曰，带她们见见世面。

玫瑰皱着眉，恨铁不成钢地说："我痛恨那里的落后。"那些孩子心不坏，很淳朴，知道玫瑰喜欢吃番薯后，专程拿家里种的番薯给她。

玫瑰一再劝孩子们，读书改变命运。可是，没有人相信。玫瑰向来讨厌渲染离别的气氛，可是，她走的那一天，还是忍不住在班上哭了。她哽咽着关照同学们三件事："第一，不准拉帮结派；第二，不准吸毒；第三，能读书就读书，能读多少就读多少。"这或许是她最后能做的了。

玫瑰头一次深切地感受到，"读书改变命运"这句话，背后承载着沉甸甸的重量。或许，孩子们即使靠读书走出大山，毕业后等着他们的也只是普普通通的工作、平平凡凡的人生，但是，起码读书让他们的人生多出了一点点可能性。而如果他们辍学出来打工，基本上只能在繁华都市的夹缝里艰难求生，尴尬、被动、无措。

可惜，受限于家庭条件和视野，鲜少有学生能明白玫瑰的苦心。

那天聊完后，我们去吃饭。路上，玫瑰的手机响了。玫瑰看了看，对我说："一个学生在QQ上跟我说，他辍学出来打工了。"

说这话时，玫瑰苦笑着。我听了，心里百感交集。

3

其实，文章开头那位读者的迷茫，我太能理解了。

我们的上一代人，非常相信"读书改变命运"。在他们眼里，"万般皆下品，唯有读书高"，只要上了大学，就能过上好的生活。我外婆在我考上大学后的很长一段时间，对我的关照还反反复复是那句"好好读书，考个好大学"。我母亲觉得除了用功学习，其他一切都是"不务正业"。

一个朋友跟我聊到，他研三找工作的时候，他母亲对他说："你现在应该好好写论文，工作可以毕业了慢慢找。"我们的父母，天真地以为好好念书就能高枕无忧。可是，到了我们这一辈，世界早就已经不再是那个"大学生很值钱"的时代了。阶层固化越来越严重，"读书改变命运"的神话，无情地破灭了。

刚上大学时，我以为，像我们这些"985"高校的毕业生，必然是轻轻松松进"五百强"、顺风顺水月薪过万的。可面临就业的时候，我心里产生了巨大的落差。实习时，我们遭遇的是八百块一个月还扣税的低工资和两千块一个月的高房租。申请一些大公司，甚至连网申都过不了。

那些象牙塔里的想象，被一盆冷水劈头盖脸地浇灭了。我们终于发现，读书其实并没有产生"改变命运"的神奇功效。

"朝为田舍郎，暮登天子堂"。在过去，上大学就意味着从此走上光鲜亮堂的康庄大道。可是时至今日，很多人即使上了大学，也未必能从此摆脱困窘的命运。

找不到工作，专业不对口，即使找到了工作，也不过是背着房贷朝九晚五的"蚁族"。

我们困惑着，不甘着，迷茫着，开始怀疑自己寒窗苦读十余年的意义。

4

读书改变命运，这句话，放在今天还适用吗？

我花了很长一段时间去想这件事。"读书无用论"甚嚣尘上，我却越来越清醒地认识到，不是读书无用，而是不该把读书看成万能的。我之所以会对现实失望，是因为我当初抱了太高的预期。

刻苦读书十几年，改变我的地方，在哪里？我小学在一所很普通的学校，身边的同学都是周围村庄的。我身边的人，偷窃、打架、群殴，甚至有同学带管制刀具来学校。老师的素质也很差，上课会把粉笔硬塞进顽劣的同学嘴里。

后来，我靠着成绩一路升进了还不错的初中、更好的高中和说得上来的大学，身边的人也越来越优秀。

蓦然回首，我发现，我离那些靠暴力解决问题的人越来越远了。我身边已经很少有蛮不讲理、用武力恐吓他人的家伙了。

所学专业对我思维模式的训练，我也能明显地感受到。我以前读英语专业，讨论的议题往往是"死刑该不该被废除""同性恋该不该合法化"等等和民主有关的话题。后来学了广告，以至于现在看待图书行业时会有意识地去学习别人是怎么营销和包装的。和学法律出身的朋友聊到女人离婚后可能会一无所有，她第一反应是开玩笑说"那是因为没请个好律师"。有时候学到的一些东西，当下可能没什么用，但几年后，突然就派上了用场。

这些，都是读书带来的潜移默化的改变。

<u>5</u>

被问到"读书有没有用""大学成绩还重不重要"的时候，我往往不知道该怎么作答。

作为学生，好好念书，算是最稳妥最中规中矩的一条路了。如果你能力够强、目标明确，那你尽可以去做你喜欢的事。但如果你目前还很迷茫，那么一定要好好念书。优异的成绩，会为你的将来留出更多的余地。

我想，读书未必能改变命运，但是读书可以改变人。它可以增长你的见识，开拓你的视野，改变你的思维方式，它可能不会改变你的世界，但能改变你的世界观。其实，还有机会读书的人，都是幸运的。

懂得奖励自己
才是浪漫一生的开始

_1_

过年的时候，和姐姐出游。我们在景点里看到一个卖花环的小贩，二十块钱一个花环，戴在头上在阳光映衬下，好生漂亮。

我姐姐想买一个花环来戴，我却劝阻她："别买，二十块钱只能戴一次，太不划算了。"

在我的阻拦下，她没买花环。但是，接下来的行程中，我见她频频看向别的女生发间的花环，眼神犹豫，似乎很后悔刚才没买。当我们再次碰见一个卖花环的小贩时，已经快要出景区了，买来戴已经没什么意义。

我感觉得到，姐姐很遗憾刚开始没买下那个花环，那样便可以美滋滋地戴着花环边逛边自拍了。

这么算下来，区区二十块钱，便可以换来一下午的幸福感，多值得呀。景区里的一个花环，或许是贵了些，也不算实用，但能换来当下的喜悦啊。这世上实用的东西很多，而幸福感，才是珍贵稀有的。

我在没认识我的朋友优优前，完全无法理解那些背着LV包挤地铁的小白领。在我眼里，她们只是虚荣心作祟。

和优优的相处，完全改变了我对这些姑娘的看法。优优会和我一起去吃店铺简陋的阿宗面线；她大学四年，在快餐店做了四年服务生；工作后，为了买日用品实惠些，宁可走远路去全联福利中心买，也不在便利店就近解决；她甚至会站在货架前，拿着好几款抽纸用手机计算器比价。

就是这样斤斤计较的她，从牙缝里攒出余钱，咬咬牙买下一个轻奢品牌的包。

我问她，为什么工资不高，也要买很贵的包？她笑得贝齿闪亮："人生已经够艰难了，我需要给自己一点犒劳啊！"

我喜欢她的坦率和简单。

辛苦工作、努力生活的她，就是想买点昂贵又美好的东西，奖励自己。这没有错，这很好啊。

2

母亲节，我在网上下单，送了妈妈一捧玫瑰。

我妈收到花后，幸福地发了朋友圈："这是我今生收到的第一束鲜花——谢谢宝贝。"

我看了，心里又感动，又愧疚。这么多年来，我竟从没有送过她一束花。记得有一次，我妈跟我感慨，她朋友的老公又送了她一捧玫瑰花，而她活了大半辈子，还从来没有收到过。

当时，她特意把朋友圈里朋友晒出的照片给我看，羡慕之情写在脸上。我心里有些酸楚。我爸不买花，我可以买花送她呀。可是，每次到了母亲节或她生日，我又会想，几百块钱一捧花，放个几天就谢了，太不划算了。于是，每每就此作罢。没想到，这竟然成了妈妈一直惦念的遗憾。

我昨天送她一捧玫瑰，她这个很少发朋友圈的人，第一时间晒了照片，可见她有多激动。

花两百块钱买她一个开心，多么值当！

我想起五一假期和男朋友旅行，从寺庙出来，路过一个卖花的摊点。他一时兴起，要买花送我。我忙劝他："别买，花有什么用呢？"他笑着把花递给我："买来哄你开心啊。"

一瞬间，我觉得很心动。

3

曾看过欧·亨利写的一个故事：《麦琪的礼物》。圣诞节前，为了给丈夫买一条白金表链作为圣诞礼物，妻子卖掉了一头光彩夺目、令珠宝黯然失色的秀发。而丈夫出于同样的目的，卖掉他十分珍视的祖传金表，给妻子买了一套发梳。

尽管彼此的礼物都失去了使用价值，但他们获得了比礼物更宝贵的东西——无价的爱。那些美好的东西，承载的都是满满的爱呀。

对比之下，我发现，我欠以前的自己、欠自己爱的人好多好多的幸福感。

我努力地赚钱、省钱、攒钱，却舍不得给自己买一个心仪的钱包，舍不得为母亲买一捧花、一套化妆品……

优优搬用了一句经典名言开导我："每一次你花的钱，都是在为你想要的生活投票。你愿意为那些美好和浪漫付费，你便值得那些美好和浪漫。"

有时候，我们买的不是一个包、一支口红，而是对一种生活的憧憬，是在奖励认真生活的自己。

同样地，爱你的人送给你的，不是一束花、一套发梳，而是一份真情。珍惜那个不惜金钱只为哄你开心的人——不是因为他有多舍得，而是因为在他心里，你值得。

我们之所以会花钱买点贵的东西，是因为我们憧憬着更好的一切。**总是舍不得款待自己，会把本该丰盈美好的人生，榨干成干巴巴的沙漠啊。**

明天，对自己大方一点吧。

6

Fighting

as

a Girl

你朋友很牛 ×，
关你什么事？

那些需要依靠别人求得优越感的人啊，往往自己无能。

你的朋友再牛 ×，跟你没什么关系。

真正重要的，不是你认识谁，而是你是谁。

你朋友很牛×，
关你什么事？

1

不知道你有没有见过这样的人，自己各方面都挺一般的，却特别爱炫耀自己的朋友。

一个男生追小橙，整天开口闭口就说他的朋友、朋友的朋友一个比一个牛×，A上了电视节目，B换了辆超跑，C创业拿到风投。

小橙对他反感至极，心想："呵呵，你朋友牛×，跟你有什么关系？"

跟牛×的人做朋友，不少人似乎以此为荣，即使有时候别人只是跟你吃了一顿饭而已，根本谈不上是朋友。

一次，微信群里一个业内大牛给大家发了个群红包，于是不少人纷纷发朋友圈，喜滋滋地表示："看，我跟大V在一个群里！我抢到了大V发的红包！"

潜台词或许是，跟大神在一个群里，所以我也属于比较厉害的人吧。

但是仔细一想，抢一个红包就要发朋友圈炫耀了，只能说明你跟对方很不熟。

有一个六度分隔理论：你和任何一个陌生人之间所间隔的人不会超过六个。也就是说，最多通过五个中间人，你就能够认识任何一个陌生人。任何一个诺贝尔奖得主、国际明星，跟你就隔了五个人以内的距离。

这么看来，你朋友很牛×，或者你朋友的朋友很牛×，所以作为你朋友的朋友的你也很牛×的推理，未免有些站不住脚。

而且这种炫耀真的挺没必要的——如果你自己不在那个层级，就算你认识那些大咖也没用。你没办法为对方提供价值，那么一段关系很难维系下去。

2

一两年前看到一篇文章，是分析一个主攻陌生人社交的APP失败了，那款APP是号称要让社交跨越阶层，比如路边练摊的人可以通过APP勾搭上职场金领。某个90后明星创业者用一句话总结了失败原因，大意是，不同阶层的人不需要社交。

我以前帮一个学生创业的团队找分享会的嘉宾，要进一些财务金融圈的高端群里，挨个加那些经理、总裁、董事长、行长、会长、合伙人、创始人，问他们有没有合作意向。对方得知团队的学生身份，又觉得这个项目无利可图，于是不少人上一秒还答应"考虑看看"，下一秒就立刻对你屏蔽了朋友圈。有的人没有屏蔽你，有时候还给你的动态点个赞，但是很可能你很快就会主动把他加入分组不可见的名单里。原因很简单啊：对方发着诚聘副总经理、集团进军旅游业、某某高峰经济论坛，你的朋友圈里却是某某火锅店新开张、雅思考试真艰难、学校校庆只放半天。你们不在一个圈层，提供给彼此的都是无用信息。无法通过交换产生价值，你们的社交就成了无效社交。

比较弱的一方，可能会急于建立所谓的人脉，谄媚巴结、以粉丝的身份自居，觉得认识了大牛是一件很了不起的事，为此沾沾自喜。更有甚者，自己没什么好炫耀的，就炫这些所谓朋友的牛×事迹，从而获得一种自己也好像很厉害的心理满足感。

曾国藩说过这样一句话："倚富者贫，倚贵者贱，倚强者弱，倚巧者拙。"

那些需要依靠别人求得优越感的人啊，往往自己无能。你的朋友再牛×，跟你没什么关系。真正重要的，不是你认识谁，而是你是谁。

3

曾经经历过一件很哭笑不得的事情，一个不算熟的朋友原先比我厉害得多，因为一直没什么信息和资源可以互换，于是对方把我从好友的行列删除了。后来当我实力变强后，这个人又主动加我为好友，想和我寻求合作。

我并非要感慨人情冷暖，而是通过这件小事深深地觉得，打造人脉最靠谱的办法，是打造自己。

有一句话这样说，尽管绝大多数人不愿意承认，但他们所谓的"友谊"实际上只不过是"交换关系"。如果拥有的资源不对等，做不到"公平交换"，那么一方将会成为另一方的负担，关系也就维系不下去了。

我甚至越来越能理解当初那个朋友为什么要删掉我：我看不到你的价值，所以不想花时间和你建立关系。

现在，有人一加我的微信，就向我打听利益相关的问题，向我索要一些什么，向我提一些只有单方获益的请求。

于是，我的微信里有越来越多未通过的好友请求。对那些陌生人，我只想问，我为什么要加你？我为什么要跟你做好友？你的介绍不能吸引我，你想要"向我学习"并不能给我创造价值，我们有社交的必要吗？

我被人拒绝过，也拒绝过别人。我不会埋怨那些拒绝我的人，而是清醒地明白，交朋友，要让对方看到你的价值。别跪舔，别当痴迷的粉丝，别冒昧莽撞地指望别人大发慈悲。如果你想有一场对等和持久的关系，请先提高你自己。不是你朋友很牛×，你就也牛×了；而是你的能力提升了，顺便拉高了你朋友圈的层次。

少用"我有个朋友很牛×"的句式，你没能耐没有谈资，才会扯自己认识的人有多牛。生活会告诉你，你的人生，只有靠自己。尽扯淡，没用的。

对不起，
你的情感账户余额已不足

1

　　看到一篇文章，讲的是"别在朋友圈里求赞"，深有同感。之前看到一个朋友发了条朋友圈："虽然有些人群发求赞挺烦的，但有一桩好处是提醒了你，是时候删好友了。"在我看来，求赞无异于自杀式行为。省五块十块，大费周章地群发消息求赞，是不是在告诉别人，你的人脉，也就值这么点钱？

　　《高效能人士的七个习惯》里，作者史蒂芬·柯维博士把人和人之间的关系比作一个情感账户。你的一举一动，都在为你和他人的情感账户存款和取款。

　　很显然，"求赞"是一种取款行为。你打扰了别人的工作和休息，为了一些蝇头小利而轻易地劳烦别人。点赞是小事，但你不珍惜别人时间的行为，会让你在别人心里大大地减分。

　　有的人非但不懂得时时往情感账户里存款，反而理所应当地觉得人脉就是拿来用的。

2

　　生活在旅游城市厦门，我和我的朋友最怕的是节假日。一到假期，就常常有一些平时不算熟的朋友冷不防地开口："我要来厦门了，你帮我订个房吧。"

　　这种用旅游APP就可以一键解决的问题，为什么非要让别人代劳？我是生活在厦门没错，但生活在厦门的人不会在厦门订酒店啊。于是，我只好用手机软件帮他订了房。

　　到了厦门，你若是不能全程陪吃陪逛，他便会事无巨细地问你："厦门有什么好玩的？""去鼓浪屿坐几路车？""在哪里买特产最便宜？""那个网上很有名的某某店在哪里？""你不是在厦门好几年了吗，怎么连某某大排档都没听过？""《一起来看流星雨》是在哪些地方取景的？"……于是，我又不得不从旅游攻略网站上整理出一份攻略发给对方。

　　更夸张的是，有一个人来厦门玩时迷路了，当时我不在厦门，对方居然发实时定位给我，问我该往左走还是往右走。

　　其实，很多事情，百度搜索一下就能知道的。作为在这里待了几年的人，我可以推荐给你一些特色的景点和美食，方便的话也会带你走一走，但我真的没有义务全程陪着你，成为你的搜索引擎、手机地图兼免费向导。

3

很多小事，都会透支一个人的情感账户。

我朋友向我聊到另一个人，她蹙着眉说，对他印象不太好。原来，他们一行人以前常常组团旅游。买奶茶、买小纪念品时，那个人常常以没带现金为由，让别人帮忙结账。过后，他就再也不记得还钱了。久而久之，大家出去玩，都不愿意带着他了。

十块八块，不过是零头。而且，这个人压根不缺钱，他是个富二代，可能只是没把这些小钱放在心上。但就是这些小事，让他给大家留下了"借钱不还"的负面印象。

还有一个在法国留学的朋友，跟我抱怨，一个不是很熟的朋友听说她在法国留学，毫不见外地让她帮忙代购，而且让她人肉背回来的，居然是六大瓶很重却压根不值钱的洗发水。

有读者在我公众号后台留言，说她的室友总是不打招呼就用她的东西，化妆品、腰带、餐巾纸……

这些看似微不足道的小事，都在蚕食着一个人的情感账户，让人对他慢慢失去了好感。

无节制地利用他人的行为，无疑是在切断你的人脉。如果你因为一些小事过度透支你的情感账户，那么，当你真正需要帮助时便会发现，别人已经不愿意再帮你。

4

请别人帮忙时，一定要体现出对方的价值，而不是把对方当作免费劳动力。

比如，你想得到有价值的回答前，先要提出一个有价值的问题。不要问百度搜索一下就能知道答案的问题，也不要问对方回答不了的问题。我是乐于解答别人的疑惑的，但前提是，对方问的是我术业有专攻或者亲身经历过有切身经验的问题。

今天看到一个朋友的文章，他有这样一个原则：尊重别人的时间，能百度搜索到的问题绝不浪费别人的时间。

他向别人问问题，在得到答案后，会立刻去实践并且及时给对方反馈。如果得到十分有价值的答案，他还会主动发别人红包。此外，朋友提出的任何疑问，他都毫无保留地回答。

他这个人，非常注意经营自己的情感账户。他常常通过帮助别人来为自己的情感账户存款，不会因为小事而轻易在情感账户取款。

短期内，你可能觉得这个人很"傻"，只知道提供帮助，却从不轻易麻烦别人。其实，他的行为，是一笔长期投资。他不断地为自己的情感账户存款，逐渐成为别人心中值得一交的朋友。这样，等他真正需要帮助的时候，就会有很多人主动提出要帮他。

<u>5</u>

把你的人际关系当作情感账户来经营，别轻易透支，别过度消耗你的人脉。

他人的帮助，是无价的，不是廉价的。只为值得的事向他人提出请求，是对别人最起码的尊重。

没有人
有义务懂你

1

有人问，朋友和我观点龃龉，身边的人都不懂我，该怎么办。

因为不被理解而失落，这感觉我明白，只是，也想说一句，这世上，本来就没有人有义务去懂你啊。

人总是喜欢被认同的。别人和你观点不同时，你的第一反应是感到气恼，其实也挺合理的。可仔细想想，他和你经历不同、观念不同、立场不同，对同样的问题有截然相反的理解，根本不足为奇。

以前看到过这样一句话："每个人都希望自己处在兼容并包的思想氛围中，每个人都希望有民主的声音，可真到了自己身上，连隔壁邻居的消费观念不同都会看不惯，关起门来就会评论一番。"

网传的李开复写给女儿的信里，提到他辅导女儿高中的辩论课程时，总是站在女儿不认可的那一方来辩论。开复老师这么做，是希望女儿能够明白，看待一个问题可以有很多方法和角度。

鲁迅写过，一部《红楼梦》，单是命意，就因读者的眼光而有种种：经学家看见《易》，道学家看见淫，才子看见缠绵，革命家看见排满，流言家看见宫闱秘事……

别总以为，别人就该和你想的一样。很多事情各有各的理，只是你入戏太深，总以为你以为对的那一方就一定是对的。

2

这几天发烧，头疼脑热，整个人如散架了一般，想跟旁人形容一下却发现喉咙已经哑到说不出话来。

我打电话给妈妈，不说话，开着免提听她在电话那头一个劲儿地数落我，边听边掉眼泪。即使此刻我需要的不是苛责，这没完没了的唠叨也值得感激了。不奢望有人感同身受，有个人和我说说话总是好的呀。

以前私下里觉得，那些稍微有点感冒发烧就悲春伤秋的人不够坚强。如今想想，可能只是因为我太久不生病了而已。

发烧的时候有人问候，你心里清楚他们不是真的想知道你是不是好些了，而是想听到你说"好些了"算是完成破冰，接下来开始和他们谈正事。

如果你如实地回答"还没好""刚量了温度，还是39℃"，那这场对话八成是要尴尬地戛然而止了。

你发条朋友圈说你发高烧，在乎你的人留言劝你注意身体，不在乎的人还不是一扫而过，假装没看到？

不是所有人都要在意你吃什么药，也不是所有人都要在意你看什么新闻。

没什么好大惊小怪的呀，没有人天生就该理解你、体谅你、努力地去懂你。

<u>3</u>

上周，朋友F和我聊起她的前任。

在F出差的时候，他和别的女人勾搭上了。被发现后，男人一面和F说给他一段时间冷静一下，一面继续和"小三"水深火热。F咬牙和他断绝了关系，男人在半年内就和"第三者"结婚了。而在此之前，F跟他提多少次结婚，他都会含糊其词地糊弄过去。

F自嘲地说："你看，他不是不想结婚，他只是不想和你结婚而已。"

我不知道她说出这番话时是怀着怎样的心情。我替她抱不平，感慨渣男无耻，F甚至反过来劝我，不同的人立场不同，想法自然也不同。

那个插足的女人已经三十岁了，对她来说，或许就是遇到真爱了呢。

前任的妈妈之前和F互加了微信，见过几次面，逢年过节，F都会问候阿姨。今年过年，F礼节性地问候时，却发现人家母亲早已经拉黑了她。

可不是，在哪个母亲的眼里，不是儿子的幸福更重要呢？儿子喜欢你，你就是我未来儿媳；儿子不喜欢你了，你就什么也不是了，哪还有心情去管你的心情如何？

F说，现在已经好得多了，刚经历的时候，一提到，眼泪就唰唰地往下掉。

我偷偷心疼她，却又清醒地明白，我感觉到的心疼，不及她的万一。

我想了想我失恋的经历，最惨的时候坐在台阶上遏制不住地捂着脸大哭，头一次知道"心痛"原来真的是生理上的痛感。

可是，我的痛和她的痛是同等程度的痛吗？我现在回忆起的痛和当时经历的痛还是同等程度的痛吗？

听完同一段悲伤的旋律，各自低头看到的，是各自深浅不一的伤。哪有什么感同身受啊，不过都是如人饮水，冷暖自知而已。

4

我一直觉得女人之间聊天很有趣。女人说："我前几天看中了一件宝蓝色风衣，太贵了，没舍得买。"另一个女人会说："哎呀，我也是。我前段时间看中一件，也没舍得买。"

女人说："我男人从来没给我送过花。"另一个女人会说："说起来，我男人好几年连我们的纪念日都记错了。"

女人说："我家孩子太不让人省心了，我现在到处给他报补习班。"另一个女人会说："我家小明也好不到哪儿去，早恋被发现，老师都来找家长了。"

女人间的寒暄，常常看似相互体谅，其实不过是各自絮絮叨叨着各自的生活而已，哪里是真的有多在意对方的感受。这样的寒暄也说得上高明，既满足了各自宣泄的需求，又让对方暗想"你也不比我好到哪里去啊"，心里可以好受一些。

5

有句调侃这样说："如果每个人都理解你，那你得普通成什么样子？"

聊以自慰吧。

理解、懂得，本来就是很奢侈的事啊。

所谓的共鸣，有时候只是一场各取所需的相互安慰而已。一个人慢慢成熟起来的标志之一，或许就是不再迫切地渴望被理解吧。

渐渐地学会自己疗伤，学会一笑而忘，别人问起悲伤的过往，还能轻松地调侃自己一场，不至于说到一半就忍不住失声哽咽，眼泪失控地簌簌掉下来，滚烫滚烫。别渴望理解、别乞求同情了，这世上，没有人有义务懂你。能遇到懂你的人，自然是好的，没有也无须强求。

与其盼着别人来懂你，倒不如自己学会收拾好心情、照顾好自己、做自己的知心人。你要变得更勇敢、更坚强，或者说，更无所谓。当然，也祝愿你，早日遇到那个愿意无条件懂你的人。

远离
"负能量"朋友

1

不知道你有没有遇见过满身负能量的朋友？我和小姚结识于一个朋友的聚会，因为有过几段相似的经历，所以一见如故，成了朋友。

那时候她刚毕业，进了一家公司。她几乎每天都找我聊天，内容无一例外，都是跟我抱怨工作上的不顺心。

给客户的月报出了问题，上司没有及时审核却把责任通通推给她；同事似乎看不惯她名校研究生的高学历，时不时挖苦她；和老员工共同完成任务时，对方拈轻怕重，以为她不懂情况，故意把十分之七的任务量都派给了她；经常临时有任务，她连请个假都要时时带着电脑，因为上司会随时派个任务给她……

一开始，我觉得很心疼她。职场新人，难免遇到种种不适应。她拉住我倾诉，我哪怕再忙，也会认真倾听，也不忍心只回复一两句敷衍她，所以每次都会绞尽脑汁回复许多开导之词。

有时候，已经凌晨一两点，她还会一连发大段大段的语音信息，跟我抱怨她白天在工作上遭遇的不快。别说又累又困地打字回复了，单是听完那些语音信息，我都要花上很长时间。

这样持续了有半年，我已经开导到词穷的地步。而小姚还是沉浸在自己的负面情绪之中，并且滋生了离职的想法。我觉得她在那家公司工作得太不愉快了，非常支持她离职。

小姚辗转面试，进了第二家公司，是一家规模稍小的初创公司。可是，小姚还是满腹抱怨之辞：只能单休，加班没有加班费，老板独断专行，恨不得剥夺完她的全部业余时间，她半夜发条朋友圈，老板会点个赞，冷飕飕地评论，"早点睡，明天还要工作呢"……

我同情她的遭遇，但也觉得我已经无能为力。每次和她聊天，她都会强行给我灌输满满的负能量。我和朋友聊天是为了放松心情的，可是每次和她聊完，我都会觉得精疲力竭，如同被抽干了活力。

小姚成天唉声叹气，说厦门工作机会少，发展前景很有限。我说，那你去北上广看看。她又含糊其词，一直迈不出离开的那一步。

有一次，她打电话给我，说着说着竟然哭了，委屈又愤懑地指控命运不公，去了北上广发展的同学如今都混得比她好，她能力不比他们差，如今却处处不如人……

2

渐渐地，我有些厌倦了。我不敢主动找她聊天，生怕她一开口又抱怨个不停，把气氛搞得愁云惨淡。人生本就艰难，谁活得容易呢，我可不想把宝贵时间全花在听一个人抱怨上。

我有意无意地和小姚疏远了。后来，我偶然间认识一个和小姚的共同好友。

偶然间聊起小姚，对方叫苦不迭："她总是给我传输负能量，喋喋不休，讲她工作有多不顺心、老板有多小气。有一次大半夜给我打电话，说了一个小时她很迷茫，觉得人生看不到希望。我都怕了她了。而且你知道吗？好几个人跟我说了，小姚总拉住他们发牢骚。我真的好不能理解啊，同样的话，抱怨一遍已经够累的了，她怎么跟每个人都说一遍，不觉得累吗？"

我这才知道，原来她不只是跟我一个人倾诉。她找了身边很多朋友大倒苦水，翻来覆去都是那些话，简直像祥林嫂一直念叨着她的阿毛一样……

和我一样，别人也不希望被她传染上负能量，渐渐疏远了她。负能量不但消耗了自己，也消耗了别人，没有人愿意和满身怨气的人相处。

3

甜甜升职后，和男朋友分手了。

有人觉得她是瞧不上之前和她平级、现在属于下级的男朋友了。但甜甜跟我说，不是这样的。

甜甜和前男友在同一个公司，她比他早进公司几个月，自己摸索出了一套门路。

那个男生和甜甜年龄相仿，他长得也俊俏。甜甜对他有好感，一心想帮他，就把手上的资源、人脉毫无保留地介绍给他，手把手教他工作流程和一些诀窍。当他怀疑自己的时候，甜甜就耐心地鼓励他，给他打气。

甜甜说，那个男生其实真的挺优秀的，也很努力，但是骨子里有深深的不自信。

他们在一起了。甜甜是一个聪明又能干的姑娘，业务能力强。在她的指点下，男生的业绩比一般同事高出一截，只不过比起甜甜来还是低了一些。

他一直怀疑自己的能力。甜甜不断地鼓励他，说他可以的，况且以他的业绩，已经算是同行里很优秀的了。

但男生仍然非常焦灼，甚至挖苦甜甜："已经很优秀了？我哪敢跟你比啊。"

甜甜被他一句话噎到了，泪水在眼眶里打转，迟迟没掉下来。那时候，她就已经料到，这段感情没法长久。这段关系里，他们的能量是不对等的。甜甜需要一直安慰他、鼓励他、开导他，为他注入能量。可他像黑洞一样，源源不断地吸走她的正能量。即使如此，他的世界还是毫无起色，一片无底的黑暗。

让甜甜难过的，不是他嫉妒她的优秀，而是他一直把自己困在负面情绪之中。他明明已经很优秀了，却总把自己想象得一无是处、糟糕透顶。这样的人，是晴天里的压顶乌云。

跟一个满身负能量的人在一起，你们是没有未来的，因为在他眼里，时时刻刻都是世界末日。

甜甜升职后，男朋友的自我价值感更低了，成天自怨自艾，觉得自己能力不行，甚至连业务上也有些懈怠了。甜甜实在受不了他的低气压，选择了和他分手。

甜甜一再跟我说，他不是能力不足，而是他习惯于成天指责自己、怀疑自己、否定自己，他的精力被负面情绪消耗着。他整日生活在自己制造出来的痛苦里，让自己煎熬。

4

一直在内耗的人，是没办法走得长远的。同样，也没有人愿意和整天沉浸在负面情绪里的人做朋友、做恋人。和负能量爆棚的人相处，只会让你越活越累。

我觉得，**一段好的关系、好的感情，不应该是彼此消耗、彼此灌输负能量，而是两人都自带光芒，相遇后迸发出更亮的火光。**

我以前也是个有点悲观的人，遇到我男朋友的时候，我的个人公众号才一两万人关注。当时，我觉得自己已经江郎才尽，五万关注于我而言是个天文数字，可能这辈子也做不到了。

那时候，他还只是我的普通朋友，彼此也不算了解，但是他很认真地告诉我，我想做的事一定可以做成的。他总是让我觉得未来是充满光亮的。因为他的信任和鼓励，再加上我自己的心理调整，我坚持了下来。

到今天，已经将近六十万读者了，这是我当初不敢想象的。

<u>5</u>

同样，他做出一些看似出格的决策时，我完全信任他，不会质疑和指责他。我很坚定地告诉他，我相信他这个人，所以相信他所做的事都能成的。

两个内心自带光源的人在一起，才能一起照亮更远的未来。

我和他有这样的共识：不要在总是内耗的人身上浪费时间。

那些总是沉浸在负能量里的人，会把自己的未来局限，他们不看好自己、不看好自己在做的事。当你觉得一件事没有希望时，又怎么可能做成它？

更可怕的是，这种人还会把悲观消极的情绪传染给身边的人。跟这种人共事，你会觉得前途渺茫。你很努力地鼓励他，换来的只有唉声叹气、抱怨不休。

大家都那么忙，谁也没伟大到要拯救谁脱离苦海。我们能做的，只有离满身负能量的人远点。同时，也千万别做那个给别人传递负能量的人。

别指望别人照亮你，你要内心自带光源。

喂，你咋这么热爱
指点别人的人生？

1

这几天发生了一件不太愉快的事情。

难得和我妈通个电话，本该沟通感情，但是我妈跟我说，今天一个亲戚过生日，她中午去饭局，然后和若干亲戚共同讨论对我微信公众号的若干批评意见和建议。她强调，他们达成共识，觉得我应该怎样怎样，不应该怎样怎样……

我听得目瞪口呆。

作为一个朋友圈里转的都是"请为属狗的人传一下！""六种毒零食，千万别吃！"的典型中年女人，我妈对新媒体领域的了解几乎为零，对一些运营上的方法就更一无所知了。和她一起交流的人也是一样，连公众号都没开过。在新媒体运营方面毫无经验的他们，竟然教导我该怎么运营公众号。

我跟我妈说，这个公众号就是我的主业，我所使用的方法都经过自己和同行的验证，确定利大于弊才会采用的。他们不了解这个领域，就别指指点点了吧。

我妈怒了："你怎么就不虚心接受意见？"紧接着，她开启了长辈对晚辈的教训模式。

2

身边有不少这样的长辈，好为人师，以指点别人的人生为己任。他们的口头禅是，"我吃过的饭，比你走过的路还多""不听老人言，吃亏在眼前"……

长辈们人生经验丰富，自然有地方值得学习。但是，在自媒体领域，这些零经验的长辈，其实懵懂如婴儿啊。

有些长辈，总觉得自己年纪大、阅历多，在任何事情上都比晚生们更有话语权，在所有事情上都可以充当后辈们的人生导师。

身边喜欢"指点别人"的人真的不少。

朋友跟我抱怨，和她同一组的一个姑娘简直就是专职差评师。我朋友做出来的作品，她每次都要古道热肠地进行评价，"这里感觉不对""那里怪怪的""好像还不如上一稿""这好像廉价标语啊"……朋友问她有什么建设性的意见，她便含糊其辞了："其实我也不太说得上来。"

我朋友的内心是崩溃的："你行你就上，不行就闭嘴。"

我开始做公众号的时候，已经是2016年。好几个人拉住我说："公众号红利期已经过了，你做不起来了，还是别浪费精力了吧。"

我不反驳他们，默默做事，花了七个多月做到了六十多万的量级，用事实告诉他们，他们当初的评价，只是随意、不负责任、未经过验证的断言。

和朋友聊起这件事，他说："那些总觉得风口已经过去的人，是永远赶不上风口的。"

3

据我的观察，喜欢指点他人、评价大环境的人，往往实操能力不强。就像夏天小区楼下一边乘凉、一边大谈国际政治的大爷们，往往离政治最远。

昨天上午，和一个做风投的前辈通话，他建议我先去知名的公司镀金，除了学到点东西外，以后和别人谈合作时，说自己曾在某某4A广告公司工作过，听起来也更专业。

鉴于做风投的都是站在金字塔顶端的精英，我听完他的建议后，对原来专职做公众号的想法产生了动摇。一个很厉害的人建议我这样做，一定不会错的吧。

他好心地找人帮我对接好了广告公司，我也因为他的一席话，差点就此放弃了原先的规划。

结果到了晚上，他又跟我通了一次电话，话锋一转，居然劝我不要去4A了。

他对我说，他白天和几个广告公司的朋友通了电话，交流后，对方觉得我没有必要进4A。现在正是我的公众号发展的黄金时期，如果被别的事情分散精力，可能反而会错过增长期。

我不解地问："那早上提到的身份背书呢？"他说，这是他从他们风投这一行的职业习惯出发，去评估创业者的背景。但如果我要做一个小而美的公众号，其实不需要底牌，只要把这件事做成了，就是王牌。

我很有感触，不仅是因为他先后给我提出的建议，更因为他对自己的建议负责任的态度。

他咨询了专业人士来求证自己的看法，在得知早上提出的意见可能不合适后，即使打脸，也要及时进行更正。

而有一些人，热衷于对别人指手画脚，却从来不为自己的言论做功课，也不为言论的后果负责。他们随便说说，图个口舌之快，从不考虑他们的话会对别人造成怎样的后果。谁听谁倒霉。

你不必
那么 "成熟"

1

汪曾祺在《人间草木》里写道——

"栀子花粗粗大大，又香得掸都掸不开，于是为文雅人不取，以为品格不高。栀子花说：'去你妈的，我就是要这样香，香得痛痛快快，你们他妈的管得着吗！'"

我喜欢极了这一段。想做栀子花，活得香气四溢，旁人眼光皆不在意，我只顾自在做自己。

2

之前在知乎上看到一个问题，让大家说一说《红楼梦》里印象最深的一个片段。

有一位知友提了个少有人提到的片段——宝钗扑蝶。

书中这样描写：刚要寻别的姊妹去，忽见面前一双玉色蝴蝶，大如团扇，一上一下迎风翩跹，十分有趣。宝钗意欲扑了来玩耍，遂向袖中取出扇子来，向草地下来扑。

寥寥几句，一个童心未泯的少女形象跃然纸上。

这位知友说，他以前看的时候觉得很奇怪，为什么要给角色设计这么一个和平时形象相差颇大，看起来也没什么功能的情节。后来他明白了，这个情节确实是关键情节。因为这一幕，短短几行，基本上是全书里薛宝钗这个人物和"青春"有关的唯一时刻。在其他时候，她是对下人仁慈又有管束的主子，是家族中的客人，是家庭里的主心骨，是劝人上进的好姐姐。只有在此刻，她只是一个少女。

史湘云的不羁、林黛玉的小性子、贾宝玉的痴，都是青春。可是宝钗，只有玩心突起，四下无人的此刻而已。

而让人感慨的是，这一刻如此之短。很快，蜂腰桥上的对话，又把她拉回了圆熟世故的大人的世界里。她蓦然一惊，又赶紧慌乱地拿起面具，成为平日里那个善解人意、面面俱到的大人宝钗。

以前只是对宝钗无感，而看到这样一段评论的时候，我突然有些心疼她。

3

宝钗通晓人情世故，连赵姨娘那样刻毒、乖戾、不讨喜的角色都对她心怀感激。她的成熟，远超她的年纪。

我爸妈希望我成为宝钗那样的人，处事圆融，最好能讨得人人都喜欢。

譬如我从不"韬光养晦"，拿了什么奖项、阶段性成绩都会公开秀出来。每当这时，我妈就语重心长地给我发微信："孩子，做人要低调谦和！不要炫耀，不能树敌，免得被人在背后指点！不要嫌妈妈唠叨，妈妈是为你好！"

有时候我会觉得委屈，我辛辛苦苦做了那么久的项目、写了那么久的方案，拿了奖发个朋友圈还不行了？

我小有斩获，真正的朋友会替我高兴，至于那些潜伏在朋友圈里冷眼旁观、暗暗嫉妒的人，我为什么要照顾他们的感受？

我不想做人人都喜欢的薛宝钗，我更想做朵自由自在的栀子花。我就是要盛开得香气扑鼻，我不想遮遮掩掩，不屑讨好巴结。你要是喜欢我，可以多嗅嗅我们之间浓郁的空气；若是你不喜欢，我就香我自己的，你管得着吗？

讨别人喜欢，哄别人开心，顾及每个人的感受，这样太累了，我不想委屈自己。更何况，"别人"的要求千奇百怪，我即便委曲求全，到头来，很可能依然落不了个好。

4

我在台湾读书的时候，有幸见过一次知名绘本作家幾米。

那是一次座谈会，分享的嘉宾是一个颇有建树的建筑师。他是我们学校那个学期的驻校艺术家，跟幾米是好朋友。

一开场是那位建筑师做演讲，PPT上，他展示了好多好多张他和幾米的合照，在工作室的、一起出去玩的、一起出外考察的……看起来，他和幾米应该是天天共事、亲密无间。

后来，幾米发言了，毫不客气地"拆"老朋友的台。

"他每次一跟我见面就拍一大堆照片，然后给别人展示，让人感觉好像我们常常见面似的。其实，我们一年都见不了几次。

"这次来参加活动也是，他非要我来。他总是很热衷参加各种热闹的活动，我就不喜欢。"

幾米的耿直逗笑了我们，他的朋友也被他取笑得怪不好意思的。

我喜欢幾米漫画，听闻座谈会有米幾出席，慕名而来。见到他本人后，我心中暗暗想，果真只有如此率真的人，才创作得出那么打动人心的绘本。

心里住着孩子，才能看到童趣和单纯的世界啊。

讲座结束的时候，台下不少听众问能不能找幾米老师签名。他拒绝了，说这不是他的主场，不搞签售。不喜欢就直接说出来，不想做就坦率地拒绝，这就是幾米。后来，考虑到不少人都是专程来找幾米要签名，幾米还是答应了给大家签名。这是他有人情味。

又有人问，没买绘本可不可以拿张纸给他签名呢？幾米拒绝了。不理会没有诚意又想凑个热闹的人，这更体现了他的坦率性情。

总之，那一次座谈会后，我心中的幾米，从一个遥不可及的绘本画家具象成了一个率真而耿直的大孩子。

周国平说："许多人的所谓成熟，不过是被习俗磨去了棱角，变得世故而实际了。那不是成熟，而是精神的早衰和个性的夭亡。"比起成熟圆融来，我偏爱几米那一份天真。

5

当然，这些年来，我悟出的一点是，想要葆有你的真性情，而非过分地"成熟"，最重要的是，你要有足够的能力和底气。

想活出你自己，只按照自己的方式去生活，你首先要有能耐啊。只有你能力够强、底气够硬，才不会为生计所迫不得不趋炎附势、奔走钻营、看人脸色。就像栀子花，你要开在高高的枝头，才能开得昂首挺胸，若你零落在地，只会被无情的过客踩得不堪入目。

没有谁的人生
可以复制

1

前几天应朋友之邀做一个分享。我一再强调，这些只是我个人的经历，不一定具有普适性。

这次去杭州，见了个很神奇的姑娘。她才二十岁，长得很水灵，大二，社交达人，在她的微信朋友圈里，你几乎可以找到所有叫得上名字的网红。

她跟我聊到，经常有大学同学来问她是怎么做到的。但是，如何一步一步走到今天，不是三言两语能够概括的。不说坎坷和荆棘，开辟出一条新路，所需要的"运"和"势"，都很难复制。

今天还见了一个旅行网站签约作家。我以后想朝这个方向走，所以想向老师请教她是怎么成为旅行作家的。

交流后才得知，她没有在网站上主动贴过旅行攻略，也没有主动联络过各大旅行平台。她机缘巧合成为旅行作家，是因为本科时期在欧洲交流时去了很多地方，在当地留学生中组织了沙龙分享经验，渐渐积累了名气，紧接着，很多机会接踵而至。

这样的机遇，可遇而不可求。

2

很多成功励志类书籍会给我们树立榜样，让你觉得模仿成功者的轨迹就能复制出一条走上人生巅峰的路。

不少人喜欢找一个"偶像"作为参照物。他们觉得只要沿着偶像曾经走过的路，就能通向很好的未来。

我完全能理解找一个目标，模仿他制订自己的人生道路的心态。曾经，我也会把我崇拜的人的名字贴在墙上，给自己打鸡血说"我要成为某某某第二"。

但或许，成功者没有告诉你故事的全部。比如，比尔·盖茨的妈妈曾与IBM公司的CEO共事，巴菲特爸爸是国会议员，你羡慕的拿了名校录取函又周游世界的女神的爸爸是那所学校的校董。

除了背景，你们的性格和能力、所处的时机和境地甚至运气都不相同。即使你努力复制了他所做的一切，也未必能达到他的地步。

所以说，没有谁的人生可以复制。

3

能够复制的人生轨迹，都是不可替代性不强的。譬如每天进行机械劳作的工人、日常处理事务性工作的白领，从事这类工作的人很容易就被别人替代。

当你想按照一种既有轨迹去运作自己的人生时，其实就是把自己当作了流水线上的产品。而批量生产的产品，必然是没有独一无二的手工艺品值钱的。

即使你幸运地克隆了别人的进阶之路，你也几乎不可能成为最出色的那一个。

一位前辈在用某套方法做到月流水近百万后，对同行公开了整套方法。于是，后来者相互比拼、相互厮杀，而前辈早已一骑绝尘、遥遥领先，没有人能撼动他的业内地位。

如果你想完成人生的突围，就不要试图模仿谁的道路，而是该试着开辟一条属于你的新路。

4

和想要复制别人的人生一样荒谬的，是用概率来计算自己的人生。

常常有人向我倾诉："大学所在的专业就业率低。""申请某某实验室成功率低。""想创业可是成功的概率低。"……

用概率来计算自己的人生，这本身就是一种平庸。

所谓概率，摊到个人身上时，其实没什么意义。即使是史上最难就业季，照样有人拿录取函拿到手软；就算全球只招五个人，也一定会有五个幸运儿；哪怕成功率只有万分之一，为什么你不努力做那万分之一呢？

把自己的人生当作概率来计算，和试图复制别人的人生一样，都说明你没有意识到自己人生的独特性。

能够复制和量产的一切，价值都很有限。你可以拿榜样的经历来激励自己，也可以借鉴前辈的思路，但更重要的是，你要发挥你的创造力，碰撞出一条独属自己的新路来。

别试图成为某某某第二，你要做独一无二。

牛×的对手，
就是牛×的队友

1

　　跟朋友冬聊起我曾经的室友，我对她赞不绝口："她长得漂亮，善良随和，对未来有明确规划，执行力强，乐于探索新事物，去加拿大做过志愿者，本科就在核心期刊发论文，有着令人羡慕的实习经历，GRE分数击败了全球97%的人……"

　　他听完后说："光听你的描述，我就已经很佩服她了。不过，一个这么优秀的姑娘在你身边，你会不会很嫉妒她？"

　　我很诚恳地说："不会啊。能跟这么优秀的人成为好朋友，我打心眼儿里高兴。和她在一起的日子，我们每天十二点从图书馆结伴而回，在路上用英语聊天锻炼口语，交流的内容大多是如何更合理地安排时间、提高学习效率。那段时间，算是我人生中最充实的一段时间了。"

　　冬说，他和我不一样，他总是不能接受身边的朋友比他优秀。

"我就是见不得别人比我优秀。我知道一定有人比我优秀，但是我不能容忍这个人就在我身边。"

冬是个非常优秀的人，但他总生活在"一山不容二虎"的焦虑和痛苦之中。他就像学生时代典型的学霸一样，总是伪装得不认真，但其实暗地里比谁都努力。他明明可以和那些优秀的同侪做朋友，却总是忍不住地将他们视为对手。

2

有一个读者给我留言，说她很羡慕她室友漂亮、性格好、人缘好，总是遏制不住地嫉妒她，把她当作假想敌。有一次，室友脸上长了痘痘，她心里竟忍不住地想，要是她毁容了就好了。

以前看《来自星星的你》，千颂伊说："人心就是如此，看到比自己好的人，不是想着'我也要去那里'，而是想着'你也来我这泥潭，下来吧下来吧'。但是，不好意思，我是不会下去的，你生活的那片泥潭，怨恨某人，嫉妒某人，如地狱般的地方，我不会去的，所以不要向我招手叫我下来了。"

我也曾经狭隘幼稚过。

中学时代，我遇到一个成绩比我优秀的女孩子，我想的不是我该怎么考得更好，而是盼着她会发挥失常考得不好。

如今想来，我们本可以成为很好的朋友，她身上有很多品质值得我学习——专注、高效、全局观、执行力。但因为我心中长着嫉妒的刺，所以遗憾地错过了一个优秀的朋友。

3

余秋雨写了一段关于"嫉妒"的描述,十分形象:"对方的每一个成绩,都被看成针对自己的拳脚,成绩不断则拳脚不断,因此只能时时圆睁着张皇失措的双眼,不等多久已感到遍体鳞伤。"

这种自设战场、自步硝烟的情景,已近乎自虐狂。

其实,我们不妨转换思路,不要把他当作牛×的对手,而是把他当作牛×的队友。

很多事情,不是非要你死我活,我们明明可以相互帮助,一起飞啊。

高考大军浩浩荡荡,和你来自同一所学校同一个班级的同学,不该是你咬牙切齿提防着的假想敌,而是和你并肩作战的战友。

我做公众号增长速度很快,不少人对我说:"你可要歇一歇,等等我们啊。"

而和我一样高速发展的猫老师,在我订阅量破十万的那天,给我发了个数额不菲的红包,对我说:"感谢朋友圈有你。"

我也很感谢一路上有这样的良师益友。这些和我同步成长的朋友,那么出色还那么努力,时时鞭策着我不能止步不前。

4

那些优秀的对手,其实正是你优秀的队友。

你该祝贺他们的成绩,同时也要努力变得和他们一样强大,而不是希望对方停止努力，给你留一条"生路"。我们应该祝贺别人的优秀，正如我们自己渴望变好。

余秋雨还写道："嫉妒的起点，是人们对自身脆弱的隐忧。"你要做的，不是去嫉妒谁，是努力让自己变得更好。嫉妒如同心魔，会让你变得狭隘，阻碍你的进步。

与其说嫉妒是别人的敌人，不如说是自己的敌人。与其把时间花在眼红别人的成绩上，倒不如敞开心扉，把对方当作学习和交流的对象。

这世上的优秀是会相互感应的。和出色的人交朋友，耳濡目染，你也会变得更加优秀。

7

人生没有重来，贪心有何不可？

我想要的人生是这样的……敢于承认内心的欲望，用尽全力追求自己想要的，并且承担起一切可能的后果。

我想要更好的，我值得更好的，我愿意为更好的一切而努力。

愿你我都活得坦荡，活得明亮，活得贪心而满怀希望。

人生没有重来，
贪心有何不可？

1

我是在地铁站里看到这句标语的："我要，什么都要。"

说真的，看到这句广告语，我第一反应是很惊讶。我甚至停下脚步，愣了两秒，惊讶的情绪慢慢转变成由衷的赞叹——这句话说得好！

我不知道别人是怎么看待这句话的，但刚看到时，我真的蒙了。我出身于传统的中国式家庭，家教严格，从小被教育要谦逊、温和、低调、与世无争，不要过多谈论自己的观点，不要表现出太强烈的欲望。所以，对我来说，直接开口说"我要，什么都要"是不可思议的。

我确实想要很多很多啊。我想要实现理想，想要变瘦变美，想要周游世界，想要遇见爱情，我想要更好更好的一切。可是，我习惯了压抑和遮掩自己的心绪，羞于把它们公之于众，总觉得亮出明晃晃的欲望，显得太赤裸、太贪婪了。

所以，当看到有一句话说出了我想说却不敢说的心声，我先是惊讶，后是惊叹。

2

最近，我的朋友么么也让我吃了一惊。她年纪很小，却满腔勇气。

么么上周去了趟北京，觉得喜欢这座城市，正好一家公司的老板也欣赏她，于是她回去果断拒绝了学校安排的实习，打包了行李，单枪匹马奔赴北京。昨天，她的定位已经在望京SOHO了。

她说，她的人生目标是，"泡"最帅的男人、买最贵的包。这话对我这样中规中矩的人而言，是不可思议的。我未必认同她的观点，但我极欣赏她坦荡说出这番话的勇气。年轻姑娘又嚣张又可爱的样子，真是迷人。

之前和我的编辑姐姐谈论到她，编辑姐姐说："她这样的小姑娘，或许代表着一种时代趋势，越来越敢于表达自己，潇潇洒洒，无所畏惧。"

有人想要很多很多爱，有人想要很多很多钱，每个人都可以对未来有着美好的憧憬呀，这没什么好遮掩的。

我们那么年轻，天空里飘着好多缤纷梦幻的气泡。我们手上有大把时光，心里装着英雄梦想，眼前的道路光芒万丈。我们明明有好多好多想追的梦，何必故作老成，假装成一副无欲无求的样子？

我就是要向全世界宣告，我年轻，我充满勇气，我想要更好的一切。

<u>3</u>

2005年，乔布斯在斯坦福毕业典礼上演讲，最后送给了在场的年轻人一句："Stay hungry, stay foolish."这句话最盛行的中文翻译是："求知若饥，虚心若愚。"

其实，这种解读和原意有偏差。

网上有人解释道："英语里不会用hungry来形容对于知识的追求。对知识，英语用的是'好奇'（curious）这个词。一个求知若渴的人，叫作intellectually curious或是eager to learn，但绝对不会是intellectually hungry，也极少是hungry to learn。"

用到hungry的时候，针对的其实是"成功"，也就是，hungry for success。所以乔布斯的"stay hungry"不是求知的意思，而是鼓励年轻人，要不停地追求成功，永远不知道满足。

于是，这句话在网上有了个调侃的翻译："做个欲壑难填的二×。"

昨天，我看了林语堂次女写她父亲的文章。这位"脚踏中西文化，一心评宇宙文章"的文学大师，在少年时期就对世界充满了好奇和欲望。

文中这样讲述林语堂："世界是这么大，历史是这么长，他求知之欲是这么强，他感到与别人不同。他们好像对生活的要求不多，找一份事做，娶妻生子，随随便便混过一生。他的要求却很多，他要尝到世界的一切，他要明白所有的道理，什么是生，什么是死，什么是美。他有时因为看到一幅美景，会感动得掉眼泪。他想有机会，要游历世界，到世界最偏僻的地方去观察人生，再到最繁华的都城去拜见骚人墨客，向他们提出问题，请教意见。"

"他感到自己的贪婪，凡是眼睛看得见的，耳朵听得到的，鼻子闻得到的，舌头可尝的，他都要试试。"

我喜欢极了这样的饥渴、这样的贪婪、这样生生不息的欲望，它浸染着蓬勃的朝气，饱含着对生活的热忱。

这样赤诚而热切的心，千金不换。

4

日剧《对不起青春》里，有这样一句热血的经典台词："人生没有重来，贪婪有何不可？"

别怪我贪心，贪心的人才能过得更好啊。我们的好奇和贪婪，就是未来生活的无限可能性。二十岁不会做梦的人，三十岁都去帮别人圆梦了。

我想要的人生是这样的：敢于承认内心的欲望，用尽全力追求自己想要的，并且承担起一切可能的后果。

我想要更好的，我值得更好的，我愿意为更好的一切而努力。愿你我都活得坦荡，活得明亮，活得贪心而满怀希望。

我不想过只追求 "性价比" 的人生

1

我有这样一个习惯：买东西，一定会买可承受范围内最贵的。不是虚荣。你用什么档次的杯盏、碗筷、台灯、护肤品，别人压根看不出来，真的只是买给自己。

在二十岁以前，我的消费观，全然不是这样。那时候的我，精打细算地追求性价比，觉得那些美好却昂贵的东西只是被创造出来给"土豪"们拿来"炫富"的。

我以前读英语专业，一周两次给一个初中生补习英语。那个男孩家很有钱，父亲是商人，时常在国外出差，妈妈看起来年轻漂亮，一切家务由女佣代劳，哥哥在国外读书，弟弟在国内上初中，几乎每晚都有老师上门一对一补习。

晚上给孩子上课，书房里陈列着的，一看就是价格不菲的精美瓷器，有晶莹璀璨的水晶摆件、有笔精墨妙的字画。那些在当时的我眼里都是些华而不实的东西。

因为年龄相差不大，我们还算比较聊得来。在休息时间，小男生常拿着手机把他想买的东西给我看，让我帮忙参考。他看中的东西，不少是全球限量版的。我心想，小小年纪，怎么这么爱挥霍？

有一次，小男生让我帮忙看看哪款眼镜镜框好看。在我眼里，那几款黑框眼镜样子没什么差别，可价格高得一副比一副离谱。他让我看款式，我却盯着那些价格移不开眼——真是贵得令人嗔目结舌啊。我心想，买这么昂贵的东西，一定是为了炫富吧，真浮夸！

于是我问他："你买这些，是为了跟同学比较吗？"小男生摇了摇头："不啊，我不会跟他们讲啊。"

我后来才知道，这个小男生有两部手机，一部是苹果的，另一部是很普通的学生机。平常在学校里，他就用学生机，丝毫不惹人注目。他戴着的黑框眼镜，看上去也普普通通，和店面里几百块一副的眼镜没多大差别。

我当时只是觉得，这个有钱人挺低调的，但还是不能理解他"奢侈浪费"的作风。

2

我的消费观念发生变化，是因为笔记本电脑的惨痛教训。

当时，我买了一台某国产品牌中低端价位的电脑。其实，我爸妈建议我买台好点的，但我觉着，我不打游戏不看剧，就拿电脑写写东西，犯不着买太贵的，应该买性价比最高的，省钱啊。

一开始还好好的，用久了以后，开始频频卡机、死机。重启后，辛辛苦苦敲好的文档又成了一片空白。后来，它开始常常毫无征兆地蓝屏，再打开还是蓝屏。

那段时间，我的内心是崩溃的。为了这台"性价比高"的电脑，我跑了好多次售后维修站。夏天的厦门暑气蒸人，公交车颠簸得让人头昏眼花。售后服务的小哥人长得挺帅，可惜技艺不精，去了一次又一次，折腾了一个又一个半天，蓝屏的问题还是没解决。

那段时间压力很大，有好几个报告要准备，而我的电脑时好时坏，这严重地影响到我的时间安排。时不时要为了电脑故障而奔波的日子，简直像噩梦一样漫长，看不到尽头。

时间久远，很多细节已经记不清了。印象很深刻的是，那会儿打电话给妈妈，说起屡修不好的电脑，我竟然说着说着就情绪化地哭了。

我真的很后悔啊，当初只追求性价比，导致现在要伺候一台随时出状况的电脑。消耗在维修电脑上的时间和心力，我可以做不少别的事了。

于是，我咬咬牙，换了一台苹果电脑。虽然价格够买两台其他牌子的电脑了，但这台"性价比低"的电脑真的很好用。轻，开机快，界面漂亮，不容易中毒，再也不会写文档写到一半，突然死机了。

后来去了台北，住在偏远的木栅，唯一的一条地铁是游览线，搭地铁到一些看画展的地方，常常要花很长时间。因为电脑轻，我可以随时带着，趁着搭地铁的时间写稿子。

如果我还用着原来那台随时蓝屏的笨重电脑，必定会少很多写稿时间。

3

经过这件事，我开始反思原先那种只追求性价比的生活。

在超市比价，比差价比克数，为了几毛钱比较个半天，斟酌很久才买下性价比最高的那一个；

明明在超市就能买到的东西，为了图便宜，非要去网购，又为了凑运费买了一大堆本来不需要的玩意儿；

舍不得买贵的那件衣服，买了平价但不够喜欢的那一件，结果买回来也没穿几次，就闲置了……

我精打细算，斤斤计较着性价比——我省下来的那点钱，够买时间吗？够买我的喜欢吗？够买好心情吗？用这些花在省钱上的时间，我可以做很多更值钱的事啊。

后来，我不再计较性价比了。我花钱买我喜欢的东西，买节约出来的时间，买自己的好心情。我不需要很多东西，我只要我喜欢的好东西，如一个赏心悦目的玻璃杯、一台简约漂亮的台灯、一簇让人心情愉悦的花束。

话题回到那个初中小男生的身上，既然他家境殷实，他爸妈乐意让他过高配置的生活，让他吃好穿好用好、上最顶尖的学校、过最潇洒的青春，我又有什么资格站在道德高地说他是在浪费呢？

钱是你的，怎么花也是由你来决定。这世上，有两种人都挺悲哀的：一种是只想着买买买，却没能力赚钱的人；另一种是，只会省省省，却不会花钱的人。

4

我一个朋友和我说，她皮肤不太好，买了一套资生堂的护肤品，于是身边几个人便"贵妇""土豪"地挖苦她。而她们呢，买那种性价比最高的化妆品，彩妆各样囤个好几瓶，都是"划算"的，却不经常用，平均下来，花的钱也并不比我朋友少，还用得不尽兴，没感觉。

我另一个朋友花了钱请私教健身，一节课两百块，同事们都说她有钱没处花。但她算了一笔账，健身后她不买零食、不外食，省下了颈椎不好看医生的钱，甚至花得比以前少了。况且，健身让她生活有规律，早睡早起，身体素质提高了，每天心情也更好了，这些都是无形资产啊。投资一笔钱，让自己过上更高品质的生活，带来的满足感，不是能用性价比来衡量的。

写文也认识了一个朋友，年轻又好看，赚钱拼命，花钱尽兴。昨天让她帮我推荐香水，才知道她是个口红收集控，收集的各种品牌的口红估计有几十支。她当年跑一次采访两百块，领了钱后，迫不及待去买了雅诗兰黛二百八十块一支的口红。

我觉得这姑娘真的好可爱。毕竟，人类不只需要面包，也需要水仙花啊。

钱不是省出来的，是赚出来的。我们辛辛苦苦赚钱，不就是为了让自己过上更喜欢的生活吗？何必总是一个劲儿地克扣自己，舍不得让自己活得更好呢？你已经够努力了，你值得拥有更好的生活啊。

现在的我，不想过高"性价比"的人生。我所追求的，是高质量的生活。

真正可笑的是，
我们居然嘲笑自己的梦想

1

"那时我们有梦，关于文学，关于爱情，关于穿越世界的旅行。如今我们深夜饮酒，杯子碰到一起，都是梦破碎的声音。"

这是我之前很喜欢的一句话，暗含一种值得玩味的无奈。越长大，越觉得"梦想"是一个幼稚的词。

小学的课堂里，老师问"你有什么梦想"，孩子们争先恐后地回答，"我要当老师""我想成为一名科学家""我要做宇航员"，面孔稚气而明亮。同样的问题，若是放到大学的课堂，得到的回应，恐怕只有满堂沉默吧。

不知从什么时候开始，我们慢慢地不敢说梦想，再后来，竟然不敢想梦想。

上个星期，我进行了一次职业生涯咨询。朋友问我有什么收获。其实没多少"实际"的收获，最大的收获是，我看清楚了自己想要什么。

我对咨询师说："摆在我面前的有三条路，第一条路呢，很多人想走，但得到机会的人很少，而我有这样的机会；第二条路，会辛苦一点，不过成长也会更快；第三条路比较小众，但好几个前辈选了，他们看起来过得很光鲜。我该何去何从呢？"

咨询师问我："你想走哪一条？"

我蒙了："我就是不知道自己该走哪一条才来咨询的啊。"

咨询师说："你刚才只是分析了眼前几条路的利弊，但没有提及你个人更喜欢哪一条、更倾向于哪一条。"

我想了想，发现这三条路虽然是身边同侪的常规路径，但其实哪一条都不是我所向往的。回首过去，我似乎一直在努力做那些大多数人看起来很厉害的事，但其实那些不是我想要的啊。

咨询师又问我："如果让你给职业生涯做个规划，你五年后想要做什么？十年后想要做什么？十五年后又想做什么？"说真的，我不知道。

2

我努力地想象着，过了半天才唯唯诺诺地开口："其实吧，我自己想做的事，挺可笑的……"

看着她鼓励的眼神，我才继续说下去："我呢，现在在打理一个自己的公众号，写写文章什么的。我真正想做的事情根本不是在企业工作，而是去一些我想去的地方，和当地的人聊一聊，写下他们的故事，靠稿费和读者的打赏谋生。虽然真的很不切实际，但这算是我的梦想吧。"

咨询师没有打断我，我便开始了漫长的独白。

虽然在企业里，同样是靠写东西赚钱，但是因为公司类型的限制，我的选题总是比较单一，要写的内容也要根据公司需要来安排，总归不自由。

况且，我觉得文字这种事情，审美是很多元的，你觉得喜欢的，上级可能觉得太冒进，每当要一而再再而三地改稿时，我会觉得心很累。我根本不知道上级到底要的是什么，还是说，他就只是想要我改到最后期限为止？

而我喜欢的事情，是和不同的人交流。每个人的经历不同，对这个世界的看法就截然不同，我喜欢和不同的人聊天，不带评判性地去记录他们的观点，这对我的启发很大。

我之前做过一件事情——"一张照片换一个故事"，和陌生人聊天，用一张拍立得的照片，换一个故事。每一个寻常的过客，身上都承载着许多的故事。你可能和一个做社会企业的人聊完天后，产生了对奢侈品行业的思考；你可能和一个走过很多地方的背包客聊完天后，产生了对贫富悬殊问题的忧虑。

我很喜欢和陌生人聊天，因为我自己的经历是有限的，而和一百个人聊过后，我就有机会体验一百种不同的人生。

所以，如果不考虑任何外界因素，我最想做的是四处走走，和不同的人聊聊天，靠写字养活自己。

"哈哈，是不是很扯？我还从来没有跟任何人说过这些想法。是你问了，我才敢坦诚地说出来——也是随口一说啦，太不切实际了。

要是把这些想法告诉我爸妈，他们一定以为我疯了。"

自白后，我替自己圆场，试图把自己从一个理想主义者洗白成一个靠谱的现实主义者。

在这个时代，谁会把"作家"当一份正经职业？靠写字赚钱，没有稳定收入，没有合同，没有保险，这太不稳定了，说出去肯定会被别人笑话的。

可是，咨询师很真诚地看着我说："我一点也没觉得你的想法很不切实际，我觉得这才是你内心真正的想法。"

被她这么一说，我才猛然意识到，之前的我，一直在否定自己的梦想，甚至嘲笑自己的梦想。我声称自己有梦想，其实心里坚信的是，它一定不可能被实现的。

有句话说，这是一个什么都缺、唯独不缺梦想的年代。"梦想"一词，似乎已经很廉价了。你跟别人说梦想，别人只觉得你幼稚、天真，只有你摆出一副端正麻木的大人面孔，不再做不切实际的梦，别人才觉得你成熟、靠谱。

在这样的大环境下，我一边偷偷怀揣梦想，一边又自嘲它是痴人说梦，好像这就能显得自己很成熟似的。

可是，连我自己都看不起自己的梦想，又谈何实现呢？

3

为了让我相信我的想法并不是不切实际的，咨询师跟我讲了两件真人真事。

一个是她大学里的舍友S。当年，她们从经济学专业毕业，S在某个乡镇做干部，就这么工作到了三十岁。S却一直觉得，她喜欢文学，她还想读书。于是在三十岁那一年，S居然辞掉了稳定的工作，去了Z大读中文系的研究生。

另一个是她的朋友L。L在高校当老师，她是个发烧级驴友，以往每个寒暑假，她都把所有时间拿来全国各地跑，她甚至徒步去过墨脱。2009年，她三十多岁，辞职，去了很多地方，成为专栏作家，写了好几本游记。

真好啊。我听了后，一方面觉得很羡慕，很受鼓舞——既然她们能认真地去实现自己的梦想，我为什么不能呢？另一方面，我又担忧："她们这样做，家里人会同意吗？"

咨询师说："做出一个选择，就意味着要承担相应的后果。这也包括外界的压力。"

这一小时的谈话，我收获了不少。正是因为开玩笑式地把理想说了出来，我才猛然意识到，原来我内心真实的想法是这样！我审慎地想了很久，觉得我承担得起外界的压力。那么，接下来该做的，就是为它而努力吧。

要不要把这些心路历程发出来，我也斟酌了很久。

有人说，梦想总是不能说出来的，因为有一种说法是，梦想一旦被说出来后，就很可能成为"嘴上说说"而已，很难成真了。

那些缄口沉默的人，有一部分，确实是在默默努力着实现梦想；可是，还有一部分呢，是害怕说出来后没能实现，太丢人，因此不敢公开做出承诺。

后者把梦想埋在心里，渐渐地开始偷懒，自我放弃，还侥幸地想，哎，反正也没人知道，我默默把它忘了好啦。

所以，我还是公开地写下了这篇文章。我想成为一个靠写字谋生的人，我会为之努力，我愿意承担一切可能的后果。我可能会失败，但我一定会做出最大的努力。

4

你呢？你的梦想是什么？

是成为一名优秀的同声传译，是成为匡扶正义的律师，是成为电玩竞技的职业玩家，是去苏黎世大学读研究生，还是成为尝遍天下美味的美食家？……

我真诚地希望，你也能看一看自己的内心，你真正喜欢的、真正想做的究竟是什么。

这世上大多数人，都在盲目地走大多数人在走或者大多数人想走的路，到头来却发现，他们得到的，其实不是自己想要的。他们只是活成了别人希望的样子，而不是真正的自己。

前几天，一位我很欣赏的朋友转发了我的文章，写下了这样一段话评价我："对梦想的追求，什么时候都不算早，也不算迟，不必非等到一个确定的时间、确定的地点。"

能给她带来一点感触，我也很荣幸。其实，梦想本身并不遥远，梦想本身，并不可笑。真正可笑的是，我们——很多时候，是我们自己摇着头说着不可能，在萌芽时期就扼杀了自己的梦想；是我们自己嘲笑着、否定着、践踏着自己的梦想，却以为这是"长大了""成熟了"的表现。

　　我想，这个时代不缺梦想，真正缺的是被严肃对待的梦想。每一个梦想都值得被认真对待——起码你自己要认真对待。亲爱的，我们一起加油。

请尊重每一个
平凡人的努力

1

在"陈道明发飙"话题成为微博热搜前，一位编辑就因为深受触动，把那段视频分享给了我。

陈道明发飙源于《传承者》节目的一出花鼓表演，几十个来自山西稷山的农村孩子表演了一出高台花鼓，表演难度极高，孩子们动作整齐划一，赢得满堂喝彩，却遭到青年评论员们的批评：很多人一起表演，面孔单一，没有个人英雄。

陈道明老师反驳道："每一张脸怎么会是一样的呢？是你没看见他们每一张脸的样子。世界上没有这么多主角，大部分人一辈子可能要甘于寂寞，甘于平庸，但是，请不要打击他们的努力。"

是啊，每一张脸都是不一样的——只是我们没看到而已。

2

我想起一件真实发生过的事。

我的大学学校常常有很多游客慕名来访，学校为了安全，规定游客要刷身份证进入，学生要出示校园卡进入。但还是有一些学生会偷懒不出示校园卡，如果保安好心体谅，也会放他们进去。

有一天，我的同学跟我抱怨："校门口的那个保安太讨厌了，我看着不像学生吗？干吗非把我拦下，臭着脸要我出示证件？他不就是个保安嘛！"

我的心有一点被刺痛，却还是佯装平静地问："哪个保安？"

"就是那个校门口的保安啊。"

我解释道："他们是轮岗的，你是说哪个呢？"

同学支支吾吾答不上来，反而说："我哪记得，反正他们都一样。"她想了想又补充了一句，语气里满是轻蔑："这些保安，都是社会底层，水平太差了。"

我苦笑。

对这位同学来说，所有的保安，穿着同样的制服，出现在同样的地方，所以他们没有名姓，面目模糊；他们拿着微薄的薪水，做着简单的工作，所以他们平凡庸常，甚至让她瞧不起。

3

可是，对我来说，不是这样的。

对我来说，每一位保安都有不一样的面孔，他们年纪不一，性格不同。我知道，虽然他们的薪水就是每座城市所规定的最低工资标准，但他们可能比那些常常翘课的大学生还要努力地生活。

我知道这些，是因为我的父亲就是一名保安。在小区居民眼中，他穿着制式的服装，站岗时一动不动，即使和别人换了岗，或者有一天不再来了，也不会有人注意到。他这样平凡了一辈子，很少有人会记住他的脸。

只有他的家人——比如我，才会知道：风霜雨雪，他从未迟到过——因为晚到，就意味着交接班的同事需要等到他来才能下班。冬天，寒风像是要狠狠在脸上剜出口子。路上积雪的时候，天还没亮，就要提前两小时出门，以防路上发生状况，到了岗位后，还要花几个小时铲除小区门口的雪。

上夜班对身体很不好，可是作为一名保安，他一半的工作时间都在上夜班。半夜需要保持清醒，因为随时要给私家车放行，还要定时定点在小区内巡逻，察看有没有可疑人等。

有一次，有活动要征集我和爸爸的合照，我这才发现，我和爸爸已经好多年没有一起拍照了。因为他的工作是没有春节、国庆之类的假期的，我们很多年没有一起出去旅游过，也就没了合照的契机。

红遍网络的励志鸡汤告诉你，如果你过得不好，那都怪你没有努力。可事实上，并不是这样的，并不是努力就一定能逆袭，就一定能站在聚光灯下，成为万众瞩目的人生赢家。

我的父亲，也没有怠慢他的工作，他还曾因为抓到一个偷电缆的小偷被通报表扬而自豪了很久。可是，在大多数人眼里，他还是面目模糊，平凡无奇。还有更多的人，他们需要很辛苦地工作，才能勉强达到温饱线，过上你或许根本不屑一顾的生活。

陈道明老师说得没错，世界上没有这么多主角，大部分人一辈子可能都默默无闻。这才是长大后应该明白的人生真相。

4

给我推荐那个视频的编辑说，她最近一直在找励志类的选题，但是看到的很多文章都不太满意——很多文章看过之后虽然瞬间鸡血飙升，但其实更加剧了内心的焦灼和不安。

不少鸡汤，都是讲"我有一个朋友"曾经如何落魄，通过努力后如何脱胎换骨，成为光芒万丈的牛人。这些鸡汤暗含一种急于求成、个人英雄主义的心态，宣扬超凡、鄙视平淡，让处在平凡生活中的我们看完后更加渴望脱颖而出，恨不得下一秒就逆袭成功。

鸡汤没有告诉我们，这世上还有很多人，他们也在很努力很努力地生活，却依旧湮没在人海，成了你看不到的、你以为一样的面孔。

真正的励志不该是灌输努力就一定能立刻逆袭的理念。事实上，我们可能辛苦工作一年，也买不起那些富二代随手就能刷下的奢侈品。当有钱人轻松到海外置地的时候，我们还在被每个月的房贷压得喘不过气来。

我想，**真正的励志，应该是教你看清生活本来的样子后，还让你仍旧愿意努力，踏踏实实地付出，只为了比现在好一丁点的未来。**

罗曼·罗兰说，世界上只有一种真正的英雄主义，那就是在认清生活真相之后依然热爱生活。我的父亲没读过罗曼·罗兰，却天生有着乐观的精神，他永远开朗积极，从来不会因为工资微薄就消极怠工，从来不会因为现状艰难就抱怨社会。他守在螺丝钉一样的岗位上，认真地做好他的分内事。

我出身于平凡的家庭，早就过了相信努力就一定有回报的年纪，可我却依然选择努力地生活——因为我更喜欢这样的自己。比起无所事事，我更享受努力奋斗的过程，哪怕我清楚地知道，并不是所有的努力都一定会有收获。

<u>5</u>

每一个平凡人的每一张脸，都是不一样的，只是你没有看见而已。

陈道明跑了七年龙套，才有了出头之日；而有些人，哪怕努力一辈子，也未必能成为光鲜亮丽的主角。但是，即便没有光环加身、万众瞩目，我们也未曾懈怠，依旧选择认真地过好每一天的生活。

请你尊重每一个平凡人的努力。

人有三次成长，
你完成了几次？

1

前天去了故宫。

太和殿、中和殿、保和殿，雕梁画栋，极尽奢华。保和殿后有上中下三块石雕，其中最大的一块上面雕刻着象征皇帝"九五至尊"的九条蟠龙图案。大石雕的石料采自北京房山的大石窝，据传是以冬季沿途挖井，取水泼成冰道，然后以拉运的方式运到紫禁城的。

众人皆感慨石雕的宏伟壮观，而我却在想，这项工程对那些在瑟瑟寒风中拉运石料的大批工人们来说，是多么艰难。不知会不会有人沿途冻死或累死，或者因为其他意外身亡。而这项要动用大量人力的浩大工程，仅仅是为了满足九五至尊装点门面的需要。

从偌大皇城出来，沿路躺着一列乞讨的残疾人。他们一列排开，衣衫褴褛，和朱红色的庄严城墙形成了鲜明的对比，触目惊心。

"朱门酒肉臭，路有冻死骨。"

有人衔着金汤匙出生、锦衣玉食，有人则一出生就眼盲、身障、衣不蔽体。有的人勾一勾手指便能呼风唤雨，有的人却要拼尽全力才能换来一个普通的人生。这些真实的反差，让"一切都是最好的安排"这类的鸡汤显得无力和可笑。

从古至今，有多少这样不公平的剧目上演着？人人都向往着公平，可是，这世上，哪有绝对的公平可言啊。

史铁生在最狂妄的年龄，双腿残废。截瘫后，他花了十余年的时间思索命运，写下了这样一句话："就命运而言，休论公道。"

2

我头一次被卷入命运的波诡云谲，是因为父亲出了车祸。从没有想到，平日里隔着电视屏幕的剧情，居然会令人猝不及防地降临在最亲的人身上。腿上的皮肉被整块掀去，一眼就能看到骨头。医生说，不开刀，很可能就会从此瘫痪，再也站不起来了。即使动手术，也只有50%的成功率。

命运无常，有时候令人绝望。

我曾经生活的村庄，上演过一出又一出命运导演的戏剧。

一个小妹妹，刚出生就身患残疾，如今已经在轮椅上坐了二十个年头。我至今还记得她还是小姑娘的时候那双明亮而清澈的眼睛。如今，因为长期的瘫痪，她的身体慢慢发福，当年那个水灵的小姑娘，如今变成了肥胖臃肿的模样。

一个开棋牌室的老板，一天晚上回家时猝然倒地，成了植物人。

一个去世了二十多年的叔叔，当年和不理解他的父母吵架，气急，半夜跑出家门，一个人在池塘边借酒消愁。不知是想不开还是不慎，他掉进了池塘里，溺死。

一位操持家务辛苦了一辈子的老妪，做农活儿的时候遭逢打雷下雨。有人劝她回家，她不肯立刻走，想再多做点农活儿，结果被一道闪电劈中，从此倒在了水田里。

邻居家的女主人，一生郁郁不得志，患上了抑郁症，自杀了好几次，都被救起。后来，在一天夜里，她从楼上跳下去，结束了生命。

我向来以为，命运这个话题，过于沉重。太多事情是超出我们掌控范围的，倘若发生了，渺小如我们，除了承受，别无选择。

我也思考过很长一段时间，人为什么要活着？如果上天没有安排一个足够好的命运，那么又为什么要活着受苦呢？

我在史铁生的《我与地坛》里看到了这样两段话——

"我一连几小时专心致志地想关于死的事，也以同样的耐心和方式想过我为什么要出生。这样想了好几年，最后事情终于弄明白了：一个人，出生了，这就不再是一个可以辩论的问题，而只是上帝交给他的一个事实；上帝在交给我们这件事实的时候，已经顺便保证了它的结果，所以死是一件不必急于求成的事，死是一个必然会降临的节日。"

"你总是决定活下来，这说明什么？是的，我还是想活。人为什么活着？因为人想活着，说到底是这么回事，人真正的名字叫作——欲望。"

人总是忍不住要为生存找一些牢靠的理由。那些让你在历经不幸后还选择坚强面对生活的欲望，无论大小，都堪称伟大。

3

我总觉得，能触动我的，从来不是那些掌握时代命脉的伟人，而是芸芸众生里的我们对待平凡生活的认真和坚韧。

那个天生残疾的小妹妹，现在帮衬着家里人开书报亭，也开了一家小小的淘宝店，虽然生意算不上好。

那个因抑郁症自杀的邻居的女儿，没有被突如其来的噩耗击垮，而是更努力更坚强，考上了一所名校。

我父亲车祸后的那段时间，我的母亲心力交瘁，不仅要照顾父亲，还要四处奔波，一边求医，一边处理交通事故。虽然那段日子很艰难，但为人妻、为人母，她从没有想过要放弃。

史铁生两条腿残废后的最初几年，找不到工作，找不到去路。他痛苦着、犹疑，却没有沉沦。他的腿无法再走路，他便用笔去找路。他将这些关于生命的思考，放进小说里、散文里，启发和安抚了后来的路上同样迷茫的心灵。

4

前几天，和朋友在走去三里屯的路上，看到一个收垃圾的阿姨躺在长椅上睡着了。樱花盛开，阳光打在她的身上，让人感受到一种惬意和安宁。

或许生活苛待了她，可她仍然选择认真地生活着。朋友转头对我说："Life is tough, but I'm tougher."

生活很艰难，而我更坚强。

一位读者给我留言说，她有一个能干的木匠爸爸，家里的推拉式木门就是最为人称道的杰作，好多街坊四邻都艳羡着。后来，爸爸去了城里，在建筑工地打工。为了让家里的日子过得好些，爸爸整天没日没夜地拼命挣钱。他虽然是高高瘦瘦的身材，但仿佛有使不完的力气，仿佛他一个肩膀就可以挑起他们整个家的重量。没想到，她十四岁那年，一场意外的工地事故，让她永远地失去了爸爸。

她说："我从不会想到命运竟会给我开那么大的玩笑。"她还写道："命运就是这样，你不知道它什么时候会给你来个大转弯。悲伤过后，你又不得不重新整理心情继续走下去。命运从来没有公平可言，你要不屈服，不让步，就算它夺走了一切，让你一无所有，你还是要一样坚强地走下去。"

小小年纪，居然写下了这样一段从容勇敢的心迹，让人动容。

另一个读者给我留言说："别认命，但你要认识命。认识到那些无常的都是人生常态，但还要不认命地去努力，为了更好的生活而奋斗。"

人有三次成长：第一次，是当你发现自己不是世界中心时。第二次，是当你发现好多事情不是努力就能做到时。第三次，是当你发现很多事情无可奈何，但还是选择为之努力时。

无论生命给了你什么，都去接受它、挑战它。对命运怀有敬重，把苦难当作命运的锤炼，可谓真正的勇者。

5

我觉得人真正可贵的，正是那种明知道有些事情无力改变却仍然选择努力的精神，那是一种生命的韧性。

亲爱的陌生人，愿你足够好运、足够勇敢、足够坚强。

生命只有一次，
怎么精彩怎么活

1

我是因为一个健身教练的分享，听说了这个传奇——

他叫Somsa，泰国人，他只有一条腿，却练出一身如同雕塑般完美的肌肉，成为神话一般的健身冠军。

他说，生命只有一次，怎么精彩怎么活。

2

昨天有读者留言，她是一位程序员，身在一个很有发展前途的行业，然而，她做得力不从心。她没有办法像男同事那样快速敲着代码，思维缜密，逻辑清晰。她很多次想放弃，觉得自己不适合干这个，一直犹豫着要不要辞职。在这样的摇摆不定中，她度过一年又一年，依然下不了决心。

还有一位读者留言，她毕业两年了，参加了三次公务员考试，从第一次的第四名到后来的第二十一名，越考越差。前几天，她又报了2016年的事业编考试，前途未卜。

从内心来讲，她是矛盾的。她的梦想是开家鸭脖店或者特色小吃店，这两年她就一步步看着家对面的一对年轻小夫妻开了店、生了可爱的孩子，夫唱妇随。

某天深夜，看到他们在朋友圈里发了一张孩子的照片。看着孩子可爱的模样，她突然哭了。那是她憧憬的幸福模样，可是离她好远好远。

考事业编是她母亲一直期望的，但她自己实在是兴趣不大，却因为母亲的期望，不得不一次又一次地准备着考试。

每次看到这些，我都不知道该回复什么。我当然不会莽撞，但看着他们纠结着痛苦着，我又不禁为他们难过。

<u>3</u>

我想起我的一个朋友。他是"985"高校研究生，学视觉传达，获过不少设计类国际大奖，还没毕业就出了不少优秀的作品，也接了一些公司的设计工作。

夏天里，我得知他居然转行，跟他兼职公司的工程师学编程去了。一开始我以为他在开玩笑。直到演示日，我发现他以公司工程师的身份出席，这才敢相信。闲聊时，我问他："你高中是学理科的？"他摇头："学文的。"

我又问他为什么突然转行，他说，他从小就有当程序员的想法，现在研究生毕业了，就转行做一直想做的事了。

我不想评价他的举动是否疯狂，但是不得不说，我佩服他。生命只有一次，哪怕任性野蛮，也该按照自己想要的方式生长啊。

姑娘D高二时被保送中科大少年班学物理，大四申请美国的学校时却没有继续学物理，转学计算机。别人问她物理学得很好，为什么转专业。D说，当初报物理是她爸妈认为她有能力学好物理，这就够了。可是，现在的她，更希望把能力用在更感兴趣的领域上。

很多人总是害怕来不及，可是，当你觉得已经晚了的时候，其实正是最早的时候。生命只有一次，就该选择自己喜欢的去折腾呀。

与其把时间浪费在纠结、犹豫和痛苦上，还不如尽早放下那些沉没成本，去做更想做的事。

上了一艘船，你明明知道它无法行驶到你想抵达的地方，难道不该早点离开它，赶紧跳上另一艘船吗？

4

或许，你害怕的不是从头开始，而是从头开始需要付出的辛苦。

一个独腿的人，把自己练成健身冠军是辛苦的；一个学艺术出身的人，从零起步学编程是辛苦的；一个三十几岁搞科研的大叔，觍着脸跑去做销售是辛苦的；一个大学都快毕业的姑娘，要舍下三年的时间成本转投文学也是辛苦的……

要精彩地活着，注定是辛苦的。

看着健身冠军Somsa的照片，我简直无法想象，深蹲、硬拉、箭步蹲这些动作，他只有一条腿，该怎么完成？我无法想象他所经历的训练、他遇到的种种挫折、他所流过的汗水……健美的肌肉，是靠无数次的训练慢慢塑形的，不是用笔轻松画出来的啊。

5

分享Somsa事迹的健身教练，活得也很出彩。他二十岁出头，原本受雇于一家健身房当私教，因为用心负责，带出的学员瘦身效果奇佳，他成了一位很有名气的教练，不少人慕名向他约课。当同事还在原来的健身房勉强挣业绩的时候，他已经出去单干，开了自己的健身房。

同事们羡慕他事业有成，可是却少有人愿意像他一样努力。他没有不凡的身世，完全靠白手起家。他将自己的日程排得满满的，认真负责地带学员，各地奔波着参加比赛，事无巨细地筹备健身房……

让我印象最深刻的是，他时薪一百五十元，明明可以自己歇着雇人发传单，他却在晚上十点多已经没课的时候，还站在校门口亲自发传单，热情洋溢地宣传自己的健身房。

这位教练的朋友圈里常常放他的学员认真训练的小视频，他配上文字："冬天努力锻炼的人，夏天一定会有好身材的。"是呀，想要夏天活得漂亮，冬天就得努力付出。人生没有第二个二十岁，唯一的二十岁里，你未曾为降脂增肌做过努力，那你想象中的最美年纪里最美的样子，可能就这么永远地落空了。

长长一日，短短一生，愿你肯勇敢一点、辛苦一点，在唯有一次的生命里，活得用力，活出你想要的精彩。

我那么拼命，
是想要更自由的人生

1

阿何老师是我的朋友，他本人堪称"行走人间大鸡汤"，清华毕业，著书立说，连续创业，做公众号没几个月就积累了五十万粉丝，盈利相当可观。

有句话说，"最怕的是比你优秀的人，还比你努力"，阿何老师就是这样的人。他是个工作狂，一周七天连续工作，之前有过合作，深深钦佩他专业和认真的工作态度。

他在一篇文章里说，他对"钱"有着比较狂热的追求，而与此同时，他对物质的要求并不高，他住在一套小房子里，生活一切从简，无不良嗜好。

这么拼命，是为了什么呢？

他说，他那么努力，是希望能有向这个世界说"不"的权利。

他小时候，家境不好，交不起学费，需要挨家挨户地借钱。创业的时候，他和客户吃饭，喝酒已经喝出了三高，明明不想再喝酒，却不得不喝。那时候的他不够强大，所以只好一次次地无奈和妥协。

而曾经的拼命，换来的就是如今对生活的选择权。你弱小的时候，是没有资格说"不"的。只有足够强大了，你才有资格选择，才有能力去过你想要的生活。

2

我原来公司的一位姐姐，在北京做了十年互联网，财务自由，回厦门本打算不再工作，专心享受生活。后来因为兴趣，她投身了全新的领域，重新开始她的事业。

可以说，现在的她工作不是为了赚钱，而是出于兴趣。

我在她朋友圈里看到这样一番话："曾经有一个小女孩问我，觉得什么样的人生最好。

"我仔细想过以后，它成了我一直到现在的答案——

"我觉得自由最重要。我想要一个自由自在的人生，不是要随时随地可以出去旅游，不是要上班不受领导约束，而是在每一个我想要改变、想要尝试一种不同的生活、想要再往前走一步的时候，我永远都有选择的权利和能力。"

短短一番话里，藏着她这些年经历过的风云。她之所以努力工作，并非想赚够了钱然后从此什么都不干，而是希望有一天，自己无论做出怎样的选择，都不是为了钱。

3

不少人羡慕自由职业者，觉得自由职业者就意味着自由自在的生活。作为半个自由职业者，我要告诉你，其实自由职业者恰恰更需要强大的自律能力。

没有上司给你施压，你需要时时驱动自己。

《奇葩说》里马薇薇说，要自由的人，其实要担最大的责任。选别人少走的路的人，要背负最沉重的枷锁。从来就没有不需要抵抗重力的飞翔。

我以运营公众号为业，每天十一点多发完推送后，就得立刻开始构思第二天的选题。我可以在全世界的任何一个角落做这件事，但这也意味着，我无论到哪里，都必须继续工作。

前几天出去旅游，太累了，一不小心睡着，半夜一两点醒来，心中大惊："天哪，我竟然没发发推送！"昨天领了个奖，坐在嘉宾席等候的时候我在写推送，领完奖下台后我又第一时间打开文档继续写推送。

自由职业者的"自由"，并非意味着清闲懒散，而是体现在我在做我喜欢做的事，我在写我喜欢写的文字，我可以选择不做我不感兴趣的工作。

4

我之所以拼命，不是为了有一天能"安逸"，而是希望有一天我努力工作，不是为了金钱，而是出于热爱。

所谓更自由的人生，并非随心所欲、懒散无为，而是拥有对自己人生的选择权。真正的自由是，你可以对自己不想做的事说"不"，只为了自己真正热爱的事业而努力。

你想成为
什么样的人？

1

前几天，我在一场面试中被拒绝了。

问题出在职业规划那一环。

总监面试时，面试我的前辈问我未来五年的职业规划是怎样的。我坦诚地说："我想先在贵司从事营销岗位工作，等过个几年我靠文字获得足够的影响力了，就辞职做自由职业者。"

前辈也很坦诚："进了互联网公司，工作强度大，你忙到无暇写作怎么办？"

我说："没关系，我是一个很拼的人，我相信我可以兼顾好两者。"

说这话时，我心里其实有一点虚。我确实是一个很拼的人，但我还是不希望工作将我压榨得毫无生存余力，以至于没法写自己喜欢的东西。可是，为了得到这一份录取函，我强行说自己可以保持

"平衡"。

前辈说："销售和写作是两个不同的领域，你花60%的时间在工作上，40%的时间在写作上，而别人花90%的时间在工作上，你说谁可能做得更好？"

我哑然。答案显而易见。前辈站在公司的立场上，当面拒绝了我。

我暗想，天哪，早知道当初就不该说实话。说点"××公司是业内巨头"的好话，然后根据他们公司的晋升机制来伪造一份我的职业规划，不就好了吗？

前辈说，他可以不当面拒绝我，让我回去等消息，但他想告诉我为什么。接下来，他站在我的角度，为我梳理了这件事情。

他问我："你为什么想进××公司？"

我反思："因为名气大啊。同侪都想进××公司，拿了录取函听起来就足够让人羡慕了。作为一个积极进取不甘落后的姑娘，我自然也想进去体验一下。哪怕其实我对它的用人要求、工作内容并不是很了解。"

他问："你有没有想过，三十岁时，你想要什么样的生活？"

我说："我想成为一个自由撰稿人，去很多很多角落，记录下很多很多普通人的生活和故事。"啊，这种理想，好像和眼前要应聘的销售岗位没什么关系。

这位学IT出身，后来做了十几年商务的前辈，跟我讲了一大段挺鸡汤的话。他说——

"你一定要清楚自己想成为什么样的人。三十岁时，你想要的生活是什么样的？在二十九岁到三十岁，我花了一年才想清楚这些问题。你眼下要做的事，应该是有助于你实现你的长期目标的，而不是与之完全无关。我们招的销售岗，主要是跑业务的，很忙，会影响到你的写作时间。如果你想成为一名作家，就不应该选择这份工作，它会妨碍你实现你的长期目标。人的一生，只能真正做好一件事。"

我当时心里百感交集，专程到广州面试却被拒绝的不甘心，对未来职业发展的迷茫，对前辈恳切之言的反思……

我时而羡慕身边的自由职业者过得潇洒，时而觉得名企高管活得光鲜，时而又感觉父母推崇的考个公务员过着不用加班加点的清闲生活也挺不错的。

人生太多条道路了，可是我们要清楚，一个人的一生只能选择一条路，并一直走下去。

2

这一趟去广州，我还见了一个朋友。他原来所在的公司刚拿到一轮融资，正是发展势头最好的时候，他选择了离职，去经营自己的事情。

不是因为他不看好公司的项目，相反，他对团队和项目都很有信心。

他是从公司刚建立时第一批加入的，却在风头正好的时候选择了离开。他笑谈，如果公司以后上市了，他会成为别人眼中的傻×吧。

之所以冒着风险选择了离职，是因为他确定了自己长期想做的事是什么，所以决定立刻去做。

他跟我讲了这样一套方法论：他会自动代入五年后的自己。遇到各种选择和诱惑时，他会想，五年之后的我会怎么选择？如果五年后的自己觉得做这件事没意义，那当下的他就立刻回绝。

这样的思路，让他一步一步接近五年后的自己，一步一步成为自己想要成为的人。

<u>3</u>

晚上听了一场线上讲座。讲者是一名朝九晚五的上班族，平时的工作是给客人销售咖啡。后来，她决定辞职旅行，揣着一万五千块钱，买了一张两千多的机票，踏上了旅途。她边旅游边赚钱，在十个月里游历了十三个国家。

在约旦的时候，她已经几乎没有路费，如果选择去埃及，可能没有回去的机票钱。但金字塔就在眼前，于是她还是去了，到了埃及后再想办法赚机票钱。

讲座群里面大家讨论着，"好强大啊，我也想去但我不敢啊，我没钱啊，我想找个伴陪我一起"……

来听这场讲座的人里，包括我在内的大多数，都很想有一场穿越世界的旅行。不过，我们也比谁都清楚，那不过是想想而已，我们压根不打算告别眼前的生活，真正将一场旅行付诸行动。

讲者说："出发其实并不难，只是很多人没有勇气放下，没有勇气面对旅行后的生活。"

我们怀着英雄梦想，平日里做的却是和梦想无关的事。于是，岁月推移，我们最终也没能成为自己想要的样子。

<u>4</u>

为什么我们没有成为自己想要的人？有些人没想清楚自己想要什么样的生活，有些人知道自己想要什么，但眼前所做的事与长期目标毫无关系。

你可以拿出纸笔，尝试着写下对这两个问题的回答：你究竟想成为什么样的人？现在的你，能为将来的自己做些什么？我们的眼前，有很多条道路可走，但我们每个人只能选择一条。

池莉写过："一生的时间并不多，一生的精力也不多，要搞好一件事实在不容易。用去一生，搞好了一件事，那也就够可以了。世上不知多少聪明人，一生没有搞好一件事。"

一个人一生可以经历很多事，但只能做好一件事。如果确定了你愿意做一辈子的事情，就抛下无关的念想和可能性，把全部努力都投放在这一件事上。

把你当作五年后的自己，审视当下在做的事，确保自己每做一件事都在一步一步接近理想中未来的自己。

我总相信着，我们会成为自己想成为的模样。

图书在版编目（CIP）数据

你男神凭什么喜欢你 / 入江之鲸著. —北京：
北京联合出版公司，2016.7（2016.10重印）

ISBN 978-7-5502-8090-8

Ⅰ.①你… Ⅱ.①入… Ⅲ.①散文集—中国—当代
Ⅳ.①I267

中国版本图书馆CIP数据核字（2016）第148461号

你男神凭什么喜欢你

作　　者：入江之鲸
责任编辑：崔保华
产品经理：梅　子
特约编辑：丛龙艳
装帧设计：大　饼
营销支持：瑜　树　火　龙　绾　绾

北京联合出版公司出版
（北京市西城区德外大街83号楼9层　　　100088）
北京联合天畅发行公司发行
北京鹏润伟业印刷有限公司印刷　　新华书店经销
字数：194千字　880mm×1230mm　1/32　印张：10
2016年8月第1版　2016年10月第3次印刷
ISBN 978-7-5502-8090-8
定价：38.00元

未经许可，不得以任何方式复制或抄袭本书部分或全部内容
版权所有，侵权必究
如发现图书质量问题，可联系调换。质量投诉电话：010-68210805

写给过去的自己

写给未来的自己

- - - - - - - - - - - - - - - - -

- - - - - - - - - - - - - - - - -

- - - - - - - - - - - - - - - - -

- - - - - - - - - - - - - - - - -

- - - - - - - - - - - - - - - - -

- - - - - - - - - - - - - - - - -

- - - - - - - - - - - - - - - -

- - - - - - - - - - - - - - -

- - - - - - - - - - - -